Carapintada

Uma viagem pela resistência estudantil

Renato Tapajós

Ilustrador: Maurício Veneza

O texto ficcional desta obra é o mesmo das edições anteriores

Carapintada
© Renato Tapajós · 1993

DIRETOR · Fernando Paixão
EDITORA · Gabriela Dias
EDITOR ASSISTENTE · Fabricio Waltrick
APOIO DE REDAÇÃO · Pólen Editorial e Kelly Mayumi Ishida
PREPARADORA · Lizete Machado Zan
COORDENADORA DE REVISÃO · Ivany Picasso Batista
REVISORA · Cátia de Almeida

ARTE
PROJETO GRÁFICO E CAPA · Tecnopop
EDIÇÃO · Cintia Maria da Silva
EDITORAÇÃO GRÁFICA · Tecnopop
FONTE: FF Quadraat (Serif, Sans, Sans Condensed & Head),
de Fred Smeijers, editada pela FontShop em 1993

CIP-BRASIL. CATALOGAÇÃO NA FONTE
SINDICATO NACIONAL DOS EDITORES DE LIVROS · RJ

T175c
10.ed.

Tapajós, Renato, 1943-
　　Carapintada / Renato Tapajós; ilustrações Maurício
Veneza - 10.ed. - São Paulo : Ática, 2007.

　　104p. : il. - (Sinal Aberto)

　　Inclui apêndice e bibliografia
　　Contém suplemento de leitura
　　ISBN 978-85-08-10535-9

　　1. Jovens – Atividades políticas – Literatura
infantojuvenil. 2. Brasil – História – Literatura
infantojuvenil. 3. Impedimentos – Brasil. 4. Ditadura
militar – Brasil – Literatura infantojuvenil. I. Veneza,
Maurício. II. Título. III. Série.

06-2492.　　　　　　　　　　　　CDD 028.5
　　　　　　　　　　　　　　　　CDU 087.5

ISBN 978 85 08 10535-9 (aluno)
ISBN 978 85 08 10536-6 (professor)

2021
10ª edição, 10ª impressão
Impressão e acabamento: Log&Print Gráfica e Logística S.A.

Todos os direitos reservados pela Editora Ática · 1994
Av. Otaviano Alves de Lima, 4400 – CEP 02909-900 – São Paulo, SP
Atendimento ao cliente: 4003-3061 – atendimento@atica.com.br
www.atica.com.br – www.atica.com.br/educacional

IMPORTANTE: Ao comprar um livro, você remunera e reconhece o trabalho do autor e o de muitos outros profissionais envolvidos na produção editorial e na comercialização das obras: editores, revisores, diagramadores, ilustradores, gráficos, divulgadores, distribuidores, livreiros, entre outros. Ajude-nos a combater a cópia ilegal! Ela gera desemprego, prejudica a difusão da cultura e encarece os livros que você compra.

sinal aberto  social

Juventude e política

Em duas épocas muito diferentes os jovens brasileiros foram às ruas e **protestaram** contra o governo. A participação política da juventude foi fundamental, nos dois casos, para demonstrar a insatisfação da população diante do que estava acontecendo.

Nos anos 1960, a **ação estudantil** contra o regime militar mostrou sua força. Os estudantes foram às ruas em protestos e até mesmo em ações armadas, e tentaram de todas as formas combater a ditadura, que censurava a imprensa e a liberdade de expressão.

No início da década de 1990, jovens de todo o Brasil saíram às ruas em passeatas que, juntamente com outros movimentos, resultaram no processo de **impeachment** do presidente Fernando Collor de Mello.

O autor deste livro participou do movimento estudantil na década de 1960 e vivenciou com entusiasmo as manifestações de 30 anos depois. Vendo toda essa **ebulição**, decidiu propor um encontro de gerações.

> **Não perca!**
> - O encontro de um estudante dos anos 1990 com os ideais da década de 1960.
> - A importância da organização política.

Como seria a participação de um jovem estudante dos anos 1990 nas ações da década de 1960? São enormes as diferenças entre as manifestações de ideias **numa democracia e numa ditadura**, sem falar no abismo que separa o jovem de uma época e de outra. Mas com certeza alguma coisa eles têm em comum.

São questões como essas que você vai encontrar nesta história fascinante, na qual o personagem principal viaja ao passado, se envolve com os conflitos políticos da época e vive uma grande paixão. Ao final do livro, você vai conhecer a vida e as ideias do autor em entrevista exclusiva.

Carapintada *(prefiro assim mesmo, sem hífen)
é dedicado a todos aqueles que — tenham ou
não pintado a cara — lutaram e continuam
lutando para tornar o mundo melhor.*

1

Passava das seis da tarde quando Rodrigo saiu do metrô, na rua Vergueiro. Uma pequena mancha de tinta verde coçava um pouco, perto do queixo. Esfregou com a mão, sem muita esperança de que saísse. A maior parte da tinta já havia sido tirada ainda na Praça da Sé, quando ele e os dois amigos molharam a cara na fonte e esfregaram com o moletom. Sentia fome e um certo cansaço.

Bom, não era para menos. Desde manhã, MASP, avenida Paulista, Brigadeiro, para terminar no Vale, aquele mundo de gente, a zoeira — talvez a maior de que já tivesse participado ou mesmo visto. Mal dava para se interessar em comer os *hot dogs* e outras besteiras que os ambulantes ofereciam. Mas agora, no final da tarde, a manifestação começava a se transformar naquela coisa chata de discurso dos políticos. Vieram embora, os outros dois já haviam tomado o rumo de casa na estação São Joaquim. A fome apertou.

Caminhou na direção da Paulista, sentindo o cheiro forte de combustível queimado dos carros na hora do *rush*, o ronco pesado que subia da 23 de Maio, o vento que esfriava subitamente depois de um dia quase quente. Já estava chegando na praça Osvaldo Cruz quando sentiu uma certa tontura, como se as imagens ficassem subitamente cobertas por um vidro fosco, ondulado, e ele chegasse perto de perder a consciência. Mas foi apenas um segundo e passou.

Parou, tocou no rosto com a mão e, imediatamente, percebeu que alguma coisa havia mudado. O cheiro de combustível queimado e o ronco do trânsito tinham diminuído bastante. Olhou em frente e não reconheceu o perfil da Paulista. Não sabia bem o que era, mas os postes de iluminação estavam diferentes, a avenida parecia mais acanhada e, sem dúvida, havia menos luz, mesmo naquela hora indefinida do crepúsculo. *Sentiu o coração acelerar, a boca ficou seca, um princípio de alarme: não conseguia reconhecer onde estava*, embora o aspecto geral do lugar lhe dissesse que aquilo era perto do começo da avenida Paulista, quase na praça Osvaldo Cruz.

Um ônibus passou roncando e ele não conseguiu deixar de pensar que aquele era um modelo antigo, com um aspecto estranhamente novo. O que o levou a olhar para os carros e perceber que a grande maioria deles era de fusquinhas. A respiração suspensa, um princípio de suspeita se formando. Mas ainda não era hora de entrar em *pânico*. Deu alguns passos em direção à esquina da Paulista com a Treze de Maio. Dali poderia ver melhor a praça e toda uma série de referências bem conhecidas.

A primeira coisa que chamou sua atenção foi uma mulher atravessando a rua, carregada de pacotes. Ela usava minissaia e um estranho penteado que parecia um ninho de pássaro. Lembrou vagamente da vocalista de um grupo de *dance music* que andava fazendo algum sucesso na MTV. Mas havia algo diferente ali. Era como se aquela mulher fizesse parte da paisagem, não destoasse do cenário.

Olhou para a esquerda e a Rafael de Barros estava lá. Mais escura — era difícil de distinguir naquela luz de fim de tarde — mas parecia que faltavam algumas construções, alguns edifícios. Franziu a testa. Agora era a prova dos nove. Olhou para sua direita, esperando ver o Shopping Paulista. Mas o que encontrou foi um prédio atarracado com um letreiro conhecido, mas já quase esquecido: Sears. Essa loja fechou faz alguns anos, pensou.

Voltou-se para a avenida. A ilha central estava diferente do que conhecia e os prédios, estranhamente mais espaçados. Rodrigo teve a impressão de ter entrado num filme antigo, a sensação de uma porta que se fechava. Repentinamente, sobrepondo-se à imagem anterior, a Paulista que conhecia reapareceu, a torre da Globo recortada contra o céu. Ia respirar aliviado. Mas ela se desvaneceu, como uma miragem. Teve a impressão de que a tontura voltava, o medo cresceu. Fechou os olhos com força. Mais do que ouviu, sentiu um carro parando na sua frente.

—Rodrigo!!

Uma voz de mulher. Abriu os olhos e viu uma mulher de 20 ou 21 anos, abrindo a porta de um fusca vermelho. Olhou para dentro e notou que ele era dirigido por um rapaz não muito mais velho. A moça tinha o cabelo muito preto, com franja e um corte reto dos lados que lhe lembrava alguma foto antiga. Como tudo estava mesmo muito estranho e eles dessem a impressão de conhecê-lo, resolveu entrar. Enfiou-se no banco de trás, olhou em torno. O fusca era de modelo bem antigo, mas parecia novo. Tinha até cheiro de carro novo. A moça falava com ele, enquanto o carro arrancava.

— Tudo bem, companheiro? Você parecia meio tonto ali na calçada.

— Deu mesmo uma tonteira. Mas eu acho que é só cansaço, um pouco de fome. Desculpa, teu nome é...

— Laura. Nome de guerra, é claro. Como o teu, Rodrigo. Esse aqui é o João.

— Oi — o outro falou, sorrindo por sobre o ombro.

— Acho que você não estava esperando a gente, não é?

— Não tava mesmo... — disse Rodrigo, com ironia.

— Quem vinha te encontrar era a Cláudia, do Comitê Secundarista — continuou Laura. — Mas ela soube que a gente ia passar por aqui e pediu pra te apanhar.

Que comitê será esse, pensou Rodrigo, não conheço nenhum comitê. Conheço aquela turma do São Luís, que é próxima do pessoal da UBES, mas comitê... Resolveu ganhar tempo.

— Mas eu não sei onde que...

— Pra isso que a gente veio — interrompeu Laura. — A reunião vai ser lá no Tuca. A Cláudia já está lá.

Bom, o Tuca pelo menos eu sei onde fica, pensou Rodrigo. Chegando lá, quem sabe as coisas voltam ao normal. Ou, pelo menos, eu encontro uma explicação para isso tudo.

O fusca já havia passado por boa parte da Paulista, correndo bastante na avenida estranhamente vazia. Sem perder velocidade, João fez a conversão e entrou em outra rua, mais residencial, menos movimentada ainda. Rodrigo ficou por um momento olhando a rua que lhe parecia familiar e, ao mesmo tempo, totalmente desconhecida. Subitamente, outra vez a mesma coisa: numa esquina cinzenta e comum surgiu diante de seus olhos um Seven Eleven com todas as suas luzes e cores. Ele se endireitou no banco e ia falar alguma coisa quando a esquina voltou ao que era e ficou para trás.

A impressão que isso lhe causou foi a de que devia haver um caminho de volta. Não sabia o que tinha acontecido, não sabia nem mesmo onde estava, mas era como se a porta que dava para seu mundo ainda estivesse entreaberta.

O quase pânico de momentos atrás deu lugar a um vago receio. De qualquer modo, e por mais improvável que parecesse, aqueles dois ali o conheciam. Ainda que pensando que Rodrigo fosse um nome de guerra, quando era seu nome real. O melhor agora era obedecer — pelo menos até conseguir tomar pé do que estava acontecendo. O cansaço crescia. Ele apoiou a cabeça no encosto do banco e fechou os olhos. De repente lembrou onde havia visto aquele cabelo que Laura usava: numa revista, meses atrás, sua mãe lhe havia mostrado uma foto da Nara Leão num daqueles festivais de MPB.

2

O fusca parou em fila dupla perto da esquina da rua Monte Alegre. Rodrigo viu algumas pessoas em frente à massa de prédios da PUC, recortada contra o crepúsculo.

— Olha a Cláudia lá — disse Laura.

Rodrigo olhou. Uma garota, de 15 ou 16 anos — que ele imediatamente achou muito bonita —, vinha em direção ao carro. Laura abriu a porta e afastou o encosto do banco, para Rodrigo descer. Ele saiu e ficou de pé, sem saber muito bem o que fazer. Cláudia se dirigiu para ele, a mão estendida, um sorriso tornando luminoso seu rosto.

— Você deve ser o Rodrigo, não é?

Ele concordou enquanto apertava a mão dela. Imediatamente Cláudia se debruçou na janela do fusca.

— Vocês ficam?

— Não, não dá — respondeu João. — Temos uns pontos pra cobrir. Lá pelas oito horas eu passo aqui. O Xavier quer conversar com vocês dois.

Pronto, Rodrigo pensou, lá vamos nós. Tem um cara que eu não sei quem é que quer falar *comigo*. E com ela também. Olhou para Cláudia. Bom, considerou, os pesadelos podem trazer algumas compensações. Cláudia ainda falava com os dois no carro.

— Tá certo, então. Às oito vamos falar com o camarada Xavier. Acho que até lá tudo já terminou por aqui.

Voltou-se para Rodrigo.

— Oi, eu sou a... a Cláudia. Desculpa, ainda não acostumei com esse nome. Você deve ser da Base da Zona Sul, secundarista, certo?

Ele não podia senão concordar, acenando com a cabeça e fazendo uns ruídos guturais.

— Eu sou do Comitê Secundarista — continuou Cláudia — e nós resolvemos trazer alguns companheiros das várias zonas pra participar do planejamento da passeata de amanhã. Mas você sabe disso. O que você não sabia era que o Xavier ia querer falar com você também...

Ela sorria e Rodrigo olhava, encantado, para seu rosto. Voltou, assustado, para a realidade. Para aquela realidade.

— Bem... eu... eu não tava mesmo sabendo de nada...

— Depois a gente vê o que ele quer. Vamos lá.

Cláudia pegou na mão de Rodrigo e o arrastou na direção do Tuca. O calor agradável daquele contato ajudava a aumentar a sensação de irrealidade que o envolvia. Como se fosse mesmo um sonho: teve a impressão de que, se reagisse àquilo que o cercava, ia estragar tudo. Uma ponta de curiosidade: *que será que vem em seguida?* Deixou-se levar.

As pessoas, em torno, conversavam, riam, brincavam. Como estudantes secundaristas em qualquer época, em qualquer lugar. Não havia ninguém com a cara pintada, ninguém pintando a cara. Não tá na moda por aqui, pensou. Aliás, o que parecia estar na moda por ali o deixava com uma certa sensação de distanciamento. Muito poucas camisetas, quase nenhum jeans.

Levantou os olhos para ter uma melhor visão de conjunto e notou um grupo de policiais militares displicentemente encostados a uma radiopatrulha. Cláudia sentiu a hesitação dele, largou sua mão, parou e olhou.

— Ah, os tiras... Eles tão aí desde que a gente chegou. Acho que é só pra intimidar.

Olhou para Rodrigo.

— Do jeito que você tá cansado, deve ter corrido muito da polícia, hoje.

— É, hoje foi um dia cansativo. — Rodrigo se perguntou se estavam falando da mesma passeata.

Viu a porta para onde se dirigiam, protegida por alguns garotos que checavam quem queria entrar. Cláudia devia ser conhecida deles, porque a cumprimentaram e os deixaram passar.

3

A sala não era muito grande. As vinte pessoas lá dentro quase a superlotavam, espalhadas pela mesa e pelas cadeiras. Cláudia se dirigiu a um grupo, perto do fundo. Um rapaz, pouco mais velho que eles, voltou-se.

— Oi, Cláudia, a gente tava te esperando.

— Oi, Carlos, demorei um pouco porque fui buscar o Rodrigo. — Cláudia apresentou Rodrigo ao grupo. — Ele é da Zona Sul e vota conosco.

Voto com eles?, Rodrigo pensou. Voto no quê?

— Bom — concordou Carlos — agora temos maioria. Podemos começar esse negócio.

Carlos dirigiu-se para a mesa e ficou conversando baixinho com outros rapazes que estavam lá. Rodrigo olhou em torno. Quase todos tinham a sua idade ou eram pouca coisa mais velhos. Algumas garotas, duas ou três. Os rapazes usavam cabelos curtos, camisas de algodão, calças de sarja. Olhou para baixo. Praticamente o único tênis era o seu — e, por sorte, tinha escolhido um bem simples para ir à manifestação. Eles usavam sapatos de amarrar, em sua maioria pretos, daqueles pesados. Alguma coisa parecia fora de tempo. Na verdade, bem no fundo, o medo maior era outro, uma vaga percepção de que... Isso ele não queria admitir nem para si mesmo.

Um dos rapazes lia um jornal, encostado na parede. Parecia a edição vespertina de um dos diários de São Paulo. Rodrigo não conseguia identificar qual. O rapaz notou o interesse. Dirigiu-se a Rodrigo, mostrando-lhe o jornal.

— Aprontamos uma boa, hem, companheiro? Olha só. Os homens estão babando.

Rodrigo pegou o jornal. Fotografias de estudantes apanhando da polícia. Manchete em letras grossas. Os outros deviam estar achando que ele tinha participado daquela manifestação. Quase automaticamente seu olhar procurou a data e, por um momento, seu coração falhou uma batida, a boca aberta. Ali dizia 1969. **Vinte e três anos atrás, sete mais que a sua idade.** Todos olhavam para ele, para sua palidez, sua boca que não se fechava.

— Que foi, não tá se sentindo bem?

— Tudo bem — improvisou —, só me deu a impressão de estar muito longe daqui.

— É a ressaca da adrenalina — o outro ria —, mas logo passa. Correr da polícia dá nisso.

Ele tentou se recompor, passou o jornal adiante, sentou numa cadeira. O coração disparado, a boca seca. Que diabo era aquilo? Como é que eu vim parar aqui, pensou — e, imediatamente, todos os pensamentos foram afastados por uma questão que o angustiava desde o começo, mas que agora dominava tudo: será que ia voltar? Para seu tempo, para sua casa, para seus amigos? Lembrou-se dos pais e do irmão. Voltaria a vê-los? Continuava achando que a porta para retornar a seu tempo ainda estava aberta. Mas, e se não estivesse? O que poderia fazer?

— Rodrigo, você tá bem? A reunião já vai começar.

Era a voz de Cláudia. Enquanto falava, ela pôs a mão, carinhosamente, no ombro dele. Rodrigo levantou os olhos e o rosto dela encheu seu campo de visão. Como se a angústia se derretesse, substituída por uma sensação agradável de proximidade. Depois eu vejo o que posso fazer, pensou.

— Estou bem. É fome, cansaço. Nada que um sanduíche não resolva.

— Então tá — disse Cláudia, sentando ao lado dele. — Deixa eu te explicar uma coisa. O Carlos vai abrir a reunião em nome da UBES, pra gente decidir como vai ser a passeata de amanhã. A Secretaria de Segurança já disse que passeata não pode. Nós, é claro, estamos propondo fazer a passeata na marra e ir preparados para o confronto com a repressão. Os outros, os conciliadores, querem obedecer ao Secretário de Segurança. Pra não criar uma provocação, como eles dizem.

— Mas nós temos maioria — lembrou Rodrigo — com o meu voto.
— É isso mesmo — sorriu Cláudia.
Carlos bateu palmas, levantou a voz.

— Companheiros!!

O ruído de vozes diminuiu dentro da sala. Alguns estudantes se sentaram, outros apenas se voltaram na direção do orador.
— Companheiros! — repetiu Carlos. — A ditadura militar quer impedir que os estudantes secundaristas se manifestem. Ela já conseguiu calar os universitários, colocar a UNE na clandestinidade. Ela está caçando, prendendo e matando todos os que se opõem a ela...

Rodrigo ouvia as palavras como num sonho. O tom de voz, a forma de construir as frases, era tudo tão parecido com as falas das lideranças estudantis que ouvira em seu colégio que bastaria trocar os temas para ser o mesmo discurso. Substituindo ditadura militar por governo Collor, revolução por *impeachment*, era possível dar um salto de vinte anos e trocar esses rostos sérios pelas caras pintadas. Estudante é tudo igual, pensou. Desligou do discurso de Carlos e ficou olhando para o rosto de Cláudia, mais bonito ainda por causa da seriedade com que ela encarava a reunião.

4

As pessoas já se dispersavam em frente à PUC quando o fusca de João dobrou lentamente a esquina. Cláudia se voltou para Rodrigo.
— Olha lá, eles já vieram nos buscar. Vamos.
Ao se aproximarem, Laura abriu a porta e ficou de lado, para que os dois entrassem no banco de trás.
— Foi boa a reunião? — perguntou.
— Ótima — respondeu Cláudia, enquanto se ajeitava no banco. — Saiu tudo do jeito que a gente queria.
— Então tem passeata amanhã? — perguntou João.

— Tem — continuou Cláudia — e o pessoal vai preparar bolinha de gude, coquetel Molotov e tudo o mais, pra enfrentar a polícia.

Laura fechou a porta, o carro arrancou. Ela se voltou para o casal no banco de trás.

— Puxa, Rodrigo, você tá meio pálido. O que que é?

— Acho que é fome. Não deu pra comer nada desde aquela hora.

— Quando a gente chegar no aparelho, acho que dá pra arranjar alguma coisa pra comer. Agora, você sabe, precisa fechar o olho pra não ficar conhecendo o caminho. Segurança, né?

Que será esse tal de aparelho de que ela está falando?, pensou Rodrigo. Melhor esperar para ver. Mais uma vez ele apoiou a cabeça no encosto do banco e fechou os olhos, sentindo o calor do corpo de Cláudia a seu lado. Um torpor o invadiu. Com o movimento do carro e o cansaço do dia, acabou cochilando.

Acordou, assustado, com o ruído de uma porta de madeira batendo e notou que o carro estava parado, o motor desligado. Encontravam-se dentro de uma garagem um tanto escura. João voltou-se para eles.

— Pronto, estamos no aparelho. Vamos entrar. Aquela porta ali no fundo da garagem dá na cozinha.

Rodrigo seguiu os outros. Então aparelho é isso, pensou, uma casa mantida em segredo. Que deve servir para fazer reuniões e coisas assim. Piscando com a luz, entrou na cozinha. Um cara mais velho, uns 30 anos, de bigode cheio, óculos e ar cansado estava sentado à mesa.

— Companheiro Xavier, estes são os secundaristas — apresentou João —, o Rodrigo e a Cláudia.

Xavier olhou para eles, sério.

— Bom, companheiros, sentem por aí, porque temos um assunto importante para conversar.

— Espera aí, Xavier — interrompeu Laura. — O Rodrigo parece faminto e muito cansado. Vamos arranjar alguma coisa pra ele comer e depois a gente conversa.

Xavier levantou-se.

— Tá certo, arranja qualquer coisa aí. Mas não vamos esquecer que o tempo é curto. A ação é ainda hoje à noite e temos muita coisa pra preparar.

Enquanto Xavier deixava a cozinha, Rodrigo se sentou, sentindo que a situação ficava tensa. Já tinha percebido que estava no meio de uma organização clandestina e que o haviam confundido com alguma outra pessoa. E que as atividades iam além das simples agitações do movimento estudantil.

Laura apareceu com um prato de sopa. Ele começou a tomar. Sopa Maggi, claro. O gosto, artificial e forte, parecia ter o efeito calmante de algo familiar. Percebeu o quanto estava faminto e já havia liquidado quase todo o prato quando João entrou na sala com um jornal na mão.

— Olha só... Eles baixaram mesmo o cacete. Só vocês, secundaristas porras-loucas, é que iam se meter a ir pra rua na situação em que as coisas estão.

Rindo, ele jogou o jornal na mesa. Enquanto Cláudia protestava, dizendo que os secundaristas não tinham se acovardado como os outros, Rodrigo pensou que aquele jornal devia ter a mesma data do que vira na PUC. Continuou a tomar a sopa, concluindo que tudo era mesmo um pesadelo e que, pelo jeito, ia piorar. Cláudia sentou a seu lado e ele imediatamente gostou, embora pensasse que aquilo podia ser apenas um gesto de solidariedade secundarista.

— Bacana essa tua camiseta. Nunca tinha visto nada assim. O que é que está escrito? Fora... já. Interessante... meio cifrado, mas parece engajado...

Ele olhou alarmado para o próprio peito. A palavra Collor que havia entre o Fora e o Já tinha sumido. Na falta de outra opção, resolveu manter a calma.

— Eu conheço um cara que faz camisetas... em *silkscreen*.

— Puxa, bacana. A gente podia inventar algumas... até pra fazer finança, elas iam servir. Ah, olha, o Xavier tá voltando.

Rodrigo acompanhou com os olhos o outro entrar e se sentar à cabeceira da mesa. Tudo bem, vamos ouvir o senhor Xavier, pensou Rodrigo.

5

Xavier esperou os outros se aquietarem.

— Bem, companheiros, vocês já sabem, em linhas gerais, o motivo desta reunião. De qualquer modo, vou dar um informe resumido da situação, incluindo as notícias mais recentes.

Pensou por um momento. Rodrigo sentiu um ligeiro alívio: pelo menos ia ficar sabendo do que se tratava. Xavier continuou.

— Vocês sabem que há quase um mês o Grupo Tático caiu. Quase todos foram presos. Ainda não sabemos exatamente como aconteceu, mas pelo menos um dos companheiros não teve um comportamento correto na tortura e falou. A Organização conseguiu isolar as quedas mas, há coisa de quinze dias, a companheira Kioko foi presa em seu atelier.

— Parece que ela foi muito torturada — completou Cláudia.

— Foi barbaramente torturada — confirmou Xavier. — A ponto, segundo soubemos, de quase morrer. Algumas informações dizem que ela chegou a ficar em estado de coma. O fato é que os torturadores ficaram assustados e a levaram para um hospital, a Santa Casa. Contatos nossos lá dentro passaram todas as indicações e o Comando Regional concluiu que era possível fazer uma ação para retirá-la do local. Tudo foi planejado rapidamente, a ação vai ser hoje à noite e vocês foram convocados para dar apoio ao resgate.

Rodrigo sentiu como se um bloco de gelo se formasse no estômago e subisse seus dedos gelados pela coluna. Onde eu vim parar?, pensou, e gaguejou.

— Mas... eu... nós... eu não sei...

— Acho que o companheiro não foi informado — socorreu Cláudia. — A base dele tava envolvida na preparação das manifestações de hoje e ninguém falou nada de ações armadas. Não foi, Rodrigo?

Ele agarrou a deixa. Pelo menos ganhava tempo.

— É... é isso aí. Ninguém me falou nada...

Xavier apertou os olhos, passando a mão no rosto, num gesto de cansaço e preocupação. João cortou.

— Tá, o companheiro não foi informado. Mas, se ele foi indicado pela base a que pertence, é porque os companheiros acham que ele tem condições de realizar a tarefa.

— Tá certo, mas quem decide se participa da ação ou não é ele — atalhou Laura.

Todos olharam para ele. Rodrigo percebia, com total clareza, o absurdo da situação e a sensação de angústia que começava a lhe apertar a garganta. Fechou os olhos, mordeu o lábio e pensou: *é apenas um sonho*. E num sonho, a gente não corre perigo. Imaginou que o caminho para voltar a seu mundo ainda estava aberto, que se achava ali apenas de passagem. Uma curiosidade muito grande contrabalançava o medo. Inspirou fundo, abriu os olhos, sorriu.

— Tudo bem, maior legal... claro que eu vou.

Ouviu o suspiro de alívio dos outros. Xavier retomou a palavra, superado o pequeno constrangimento.

— Então vocês quatro formam um grupo e usam o carro em que vieram para cá. Eu vou sair e... deixa ver... às onze e vinte vocês me encontram na esquina da Marquês de Itu com Dona Veridiana. Eu vou estar a pé e passo as últimas instruções pra vocês. Até lá, vocês podiam aproveitar o tempo pra mostrar as armas para o Rodrigo e para a Cláudia, porque eu acho que eles não fizeram nenhum treinamento.

Xavier levantou-se e saiu, sem cumprimentar ninguém. Os quatro ficaram sentados à mesa, sem falar nada, como se esperassem alguma coisa. Momentos depois ouviram o ruído de um carro acelerando e deixando a casa. Cláudia se voltou para Rodrigo.

— Engraçada a expressão que você usou. Como é que foi?... Maior legal, eu acho. É alguma gíria nova?

Nova?, pensou Rodrigo. Já era velha quando eu... mas é melhor não dar bandeira.

— Sei lá... o pessoal lá do colégio usa. Que negócio é esse de armas que o companheiro falou?

6

Sobre o cobertor aberto no chão, as armas. Rodrigo, agachado, olhava com fascinação aquele brilho de metal fosco e madeira, as superfícies cobertas por uma fina camada de óleo. Cláudia estava sentada sobre os calcanhares e era uma mininha, uma criança olhando aqueles brinquedos de gente grande. Laura, de pé, encostada à parede suja e marcada por velhas infiltrações, não olhava para as armas. Ela dirigia seus olhos, carregados de carinho e ironia, para o ar professoral de João. Ele já havia mostrado como é que se trava, destrava, carrega, descarrega e atira com pistola e revólver. Agora fazia seu número com uma metralhadora.

— Esta é uma submetralhadora alemã, a Schmeisser, que foi usada pelos paraquedistas. Vê, ela é leve, já usavam uma espécie de plástico na coronha. É uma metralhadora de tiro rápido, mas muito estável, quase não trepida. Em todo caso você deve segurá-la na altura da cintura, assim, disparar rajadas curtas para não gastar munição à toa e fazer uma ligeira pressão para baixo, pra evitar que ela suba com o tranco.

João tinha ficado de pé e, do ponto de vista de Rodrigo, parecia muito grande, a cabeça quase batendo na lâmpada que oscilava com seu prato esmaltado na ponta de um longo fio, a metralhadora negra projetada à frente. Rodrigo quase não sentia a umidade do porão, nem se importava com a escuridão que circundava a luz não muito forte da lâmpada.

— Mas vocês vão armados mesmo é com pistolas — continuou João. — Aliás, acho que a Cláudia devia usar essa 6.35, que é mais delicada, mais feminina.

— E a metralhadora? — perguntou, fascinado, Rodrigo.

— Bom, a metralhadora vai ser usada pela Laura, que já treinou com ela... e se deu muito bem — sorriu João.

— Tá. E você, o que vai usar? — interveio Laura.

— Eu vou usar duas armas: uma metralhadora pequena e essa escopeta calibre 12 com o cano e a coronha serrados. Vê?

João pegou a arma, que era apenas um pouco maior que uma pistola, abriu-a, tirou do bolso dois cartuchos.

— Se é você mesmo que vai usar a 12, não precisa demonstrar — Laura comentou.

— Ora, Laura, é importante que os meninos fiquem conhecendo os vários tipos de armas. Mais cedo ou mais tarde eles vão ter que usar alguma delas.

Rodrigo tinha uma aguda consciência do absurdo da situação: uma demonstração clandestina do uso de armas, num porão em algum lugar de São Paulo, há vinte e três anos. No passado. Mas não se sentia nervoso. Pelo menos não mais do que numa partida de vôlei ou numa festa onde as meninas... bom, talvez o que o deixasse mais nervoso ali fosse a presença de Cláudia e não exatamente as armas. Olhou para ela. Seu rosto de traços delicados mostrava apenas uma atenção bem-educada. Rodrigo quase chegava a adivinhar na expressão de seus olhos uma certa ironia em relação à performance de João. Com relutância, voltou o olhar para ele, que segurava, agora, a calibre 12 já carregada à altura da cintura.

— Agora que ela está carregada, é preciso muito cuidado porque o recuo desta arma é capaz de jogar uma pessoa para trás. Você tem que manter os braços descontraídos, para absorver o impacto com um movimento deles. Assim, ó. Sem perder a mira. Agora, olha: ela tem dois gatilhos, um para cada cano.

Ele passou o dedo levemente nos gatilhos. Laura se contraiu.

— Cuidado, João.

— Claro que estou tendo cuidado. A arma está travada, vê? Aliás, é até bom pra vocês verem esse negócio de trava. Olha: pra este lado, a arma dispara normalmente. Pra este outro ela não dispara de jeito nenhum.

— Tem certeza? — interrompeu Laura.

— É lógico! A arma está travada. Quer ver? Vou mostrar.

Ele apontou para a parede, virou a alavanca da trava e apertou um dos gatilhos. Com um estrondo fortíssimo a arma disparou, abrindo um rombo largo e profundo na parede. Com o impacto, a coronha da 12 bateu na barriga de João e ele, assustadíssimo, caiu sentado no chão. Rodrigo também caiu para trás e quando conseguiu recuperar a respiração viu Cláudia e Laura pálidas e boquiabertas. João, no chão, segurava o ventre no local onde a arma batera e parecia não estar entendendo nada.

Ainda com os ouvidos zunindo, Rodrigo começou a rir e logo estava às gargalhadas. Os outros olharam um tanto espantados para ele, mas passaram também a rir. A princípio meio constrangidos, mas em pouco tempo até João gargalhava da ridícula situação criada.

Quase sem se dar conta, Rodrigo pensava: não podia dar certo, mesmo. Não ia nunca dar certo. Olhou para os outros, meio assustado, mas ninguém havia desconfiado de que ele estava com esses pensamentos.

— O barulho do tiro não vai chamar a atenção dos vizinhos? — Cláudia perguntou.

— Esse porão isola bem o som — respondeu João, ainda esfregando o local machucado. — A gente já fez muito ruído aqui embaixo e, fora da casa, ninguém percebeu.

7

Ainda faltavam quase duas horas para o momento em que teriam de sair do aparelho. Rodrigo sentia um pouco de sono, mas a expectativa do que estava por vir o animava, como se a cada momento um pouco mais de adrenalina estivesse circulando em seu corpo. Já não se questionava se tudo aquilo era sonho ou realidade: por mais improvável que fosse, começava a achar necessária sua presença ali.

Ficou perto da janela que dava para um pátio interno, a única aberta. Já tinha percebido que a janela da frente permanecia fechada para que ele não pudesse reconhecer o trecho de rua em que estavam. Laura e João tinham ido para a cozinha e falavam baixinho. Cláudia entrou na sala, aproximou-se de um móvel de estilo antiquado e o abriu. Era um toca-discos. Rodrigo ficou olhando enquanto Cláudia escolhia um disco e se voltava para ele.

— Olha, você já ouviu este?

Mostrou a capa. Ele hesitou, levou algum tempo para reconhecer aquela imagem que lhe parecia tão antiga. Puxa, pensou, minha mãe gosta muito desse disco.

— É o *Sgt. Peppers* dos Beatles, não é?
— É sim. Eu adoro esse disco.

Numa fração de segundo, passou pela cabeça de Rodrigo que, em seu tempo real, Cláudia devia ter a idade de sua mãe. Afastou a ideia, sacudindo a cabeça. Cláudia não entendeu.

— Que foi, você não gosta? Já sei, você prefere música brasileira, como todo bom militante, não é?
— Bom... na verdade não é bem isso. Eu gosto de rock, é que...
— Não precisa explicar, não. Eu sei como é.

Ficou por um momento sem saber o que é que ela sabia. De qualquer modo, um equívoco com vinte e três anos de idade podia ajudá-lo. Não disse nada. Cláudia sorriu e continuou.

— Eu também gosto de rock. Mas fica uma pressão, entende? No fundo, tá certo. Tem coisas bacanas na música brasileira, Chico Buarque, Vandré e tudo mais. Mas eu gosto dos Beatles...

Ela sorriu, com delicadeza e uma certa cumplicidade. Rodrigo se sentiu ligeiramente culpado por alimentar um engano daqueles. Mas intuía que não tinha saída. Já que estava ali, o melhor era se comportar como eles e ver no que ia dar. Talvez aprendesse alguma coisa e, além disso, estava ficando divertido.

— Põe o disco... assim a gente relaxa um pouco antes da ação...

Sentou no sofá. O som parecia vir de muito longe e fazia com que ele se lembrasse de sua casa, de seu irmão reclamando que aquilo era uma velharia e que bom mesmo era o Guns. De seus pais que, frequentemente, paravam tudo o que estavam fazendo para ouvir aquelas músicas. Fechou os olhos. Cláudia sentou ao seu lado e, sem pensar, ele pegou a mão dela. Quando abriu os olhos ela o fitava, espantada e pouco à vontade, mas sem tirar a mão da sua. Sorriu para ela. Um pouco hesitante, ela também sorriu.

João, na cozinha, arrastou a cadeira, como quem se levanta. O ruído rompeu o momento, Cláudia tirou a mão da dele, João entrou na sala.

— Beatles, hem...? Bom... Eu tava falando com a Laura...

Puxou uma cadeira, sentou-se em frente a eles.

— Vocês nunca participaram de uma ação e a gente acha que era importante conversar um pouco. Eu penso que vocês sabem que a situação exige as ações armadas: a ditadura militar está cada vez mais violenta, muitos companheiros já estão presos, vários morreram e os outros têm sido muito torturados.

Rodrigo já tinha notado que João adorava bancar o professor. Ajeitou-se no sofá e notou que Cláudia fazia o mesmo. João se inclinou para a frente e, apoiando os cotovelos nos joelhos, juntou os dedos das mãos.

— A ditadura já conseguiu acabar com o movimento universitário e logo, logo, também vai acabar com o movimento secundarista. A oposição tá toda em cana ou bem quieta, com medo. Só nós é que estamos sobrando para dar uma resposta.

Fez uma pausa. Rodrigo aproveitou para perguntar.

— Olha, eu tenho só participado do movimento estudantil e, por isso, não sei muito bem o que acontece fora dele. Essas... ações armadas, elas são só pra dar uma resposta para a ditadura?

João sorriu, com certo ar de superioridade.

— Não, não é só isso, companheiro. Nosso objetivo é implantar um foco guerrilheiro no campo, para daí desencadear a Guerra Popular para derrubar a ditadura. Então nós temos feito ações para expropriar armas, para conseguir dinheiro e, com isso, preparar as condições para ir para o campo. E, é claro, se tem um companheiro que a gente pode salvar das garras da repressão...

Rodrigo fez certo esforço para entender aquelas informações. Já ouvira falar daquele negócio de foco, talvez um dos amigos de seu pai recordando dos velhos bons tempos. Tinha a ver com a Revolução Cubana, Fidel Castro, Che Guevara. Parece que foi algo assim que fizeram em Cuba, lembrou. Para ele, tudo isso soava como uma história meio antiga. Mas ali, onde estava, era o futuro ainda. E, Rodrigo sabia, não ia dar certo.

Será que devia avisá-los? Melhor não, pensou. Iam achar que ele era maluco. Além disso, havia visto, talvez num filme, que era perigoso mexer no passado. Corria-se o risco de alterar o presente — e aí ele poderia nem mesmo nascer. Deixa pra lá, resolveu.

— Agora eu vou buscar as armas — disse João. — Depois a gente continua o papo.

8

Rodrigo ficou pensativo por um momento e, em seguida, notou que Cláudia o olhava com um meio sorriso. Sorriu de volta, um pouco sem jeito.

— Parece que você não é lá muito CDF com as coisas da Organização, né?

— Eu não curto muito teoria, não — mentiu ele. — Prefiro a ação.

Não ia contar para ela que era um bom aluno, estava entre os primeiros da classe e até se dava bem com teoria — ainda que não com aquela teoria ali, há tantos anos mergulhada em seu passado.

— Na verdade, nem eu — disse ela. — É que o assistente da nossa base insistiu para que a gente estudasse uns documentos. Com você não foi assim?

— Bom... não... é que eu estou nessa há pouco tempo, entende? — gaguejou Rodrigo. — E a maior parte do tempo a gente só ficou mesmo preocupado com as manifestações, mobilizar o pessoal na escola e ir pra rua, entende?

Por sua cabeça passaram muito rapidamente as imagens daqueles dias em que só se falava do *impeachment* do presidente, em que todo mundo na escola começou a, alegremente, discutir que podia ir para a rua com faixas, cartazes e pintura de guerra no rosto. Para falar a verdade, uma grande farra, um sentimento de união, uma disposição de fazer valer a unidade da turma. Alguma coisa que era só vagamente política, quase como querendo dizer que eles eram capazes de curtir algo além dos concertos de rock e do *videogame*.

Claro que havia, também, aqueles caras um pouco mais velhos que eram organizados — ele ouvia falar que fulano era do PT, sicrano do PC do B — e que falavam em nome da UNE, da UBES. Mas ele estava era mesmo envolvido pelo calor de um sentimento coletivo, pela perspectiva de uma grande festa na cidade. E agradavelmente surpreso pela enfática aprovação de seus pais. Para variar, era legal fazer uma zoeira com o apoio dos velhos, tinha então pensado. Aí valera largar o vôlei, o *videogame*, deixar um pouco os estudos de lado e pintar a cara.

Talvez fosse um tanto diferente para aquele pessoal dali. Aliás, tinha de admitir que Cláudia era diferente das meninas que ele conhecia.

— Você se dedica muito ao trabalho da Organização?

— Ah... um pouco. Eu não sou nenhuma militante fanática. — Cláudia sorria. — Não quero perder o ano e... tem tanta coisa interessante pra fazer...

— Como assim? — insistiu Rodrigo.

— Sei lá... ir às festas, pegar um cinema, bater papo, tomar sorvete...

— Namorar...

— Também...

Ela enrubesceu e Rodrigo achou muito divertido conhecer uma garota capaz de enrubescer. Percebeu que não era por aí. Melhor desviar o assunto.

— Você falou de sorvete. Onde é que você gosta de ir tomar sorvete?

— Em vários lugares... — Cláudia pensou um pouco —, mas onde mais eu vou é na Sorveteria Alaska. Conhece?

Ainda bem que foi essa, pensou.

— Conheço, claro. Ali perto da praça Osvaldo Cruz.

— É isso mesmo. Você também vai lá?

— Não muito. É que eu moro ali perto — contou Rodrigo.

— Mesmo? Onde você mora? Ih! — Cláudia se interrompeu, pondo a mão na boca. — Não fala não. Segurança, né? Melhor eu não saber.

— Tá certo. Às vezes a gente se esquece...

Laura entrou na sala, com uma sacola. Pôs a sacola na mesa, enquanto os dois se aproximavam.

— Isso é pra vocês.

Tirou da sacola duas pistolas. Uma pequena, calibre 6.35, que entregou para Cláudia. Uma outra maior, cromada, para Rodrigo. Ele segurou a arma, um pouco sem jeito, ficou olhando para ela. Da porta da cozinha, João observava.

— É uma Beretta, 9 mm. Uma boa arma. Leva também umas balas de reserva.

Laura deu para ele um punhado de balas. Rodrigo as pegou e enfiou no bolso.

9

O carro estacionou na esquina das ruas Dona Veridiana e Marquês de Itu. Depois de terem saído do aparelho — João dirigindo e os outros três de olhos fechados —, rodaram por uns vinte minutos. João avisou que já podiam abrir os olhos e *Rodrigo ficou vendo as imagens de uma São Paulo que ele conhecia e, ao mesmo tempo, não conhecia.* Estranhava as luzes, mais apagadas e mortiças em relação às que estava habituado. Os postes eram diferentes, as ruas mais vazias, mesmo à noite. Não havia luar.

Quando pararam, a massa escura do prédio da Santa Casa se avolumava à sua direita. Pelo menos daquele ponto de vista, não parecia muito diferente do que Rodrigo lembrava.

Xavier surgiu da sombra, perto da esquina. Caminhou até o carro, debruçou-se na janela do motorista, seu perfil recortado contra a claridade tênue da rua.

— É o seguinte: as coisas estão como havíamos sido informados. A Kioko está mesmo internada aí, e bastante machucada. Há pelo menos dois carros do DOPS na entrada principal da Santa Casa. Não sei onde estão os tiras. Temos o apoio de dois médicos e de uma freira, lá dentro.

— Então está tudo como planejado? — perguntou João.

— Não. Tem um probleminha. Os médicos não são da nossa Organização e nem mesmo militantes. Eles são só área próxima. Não podemos colocá-los no fogo. Por isso a gente tinha convocado o camarada Edgar, que é enfermeiro, pra ele entrar vestido de médico. Mas ele não apareceu no ponto.

— Que foi que aconteceu? — Laura alarmou-se.

— Não sabemos ainda. Pode até ter caído.

Um silêncio pesado se fez entre eles. Rodrigo, tenso, seguia a conversa. Quanto mais se aproximava o momento da ação, mais distantes ficavam, em sua lembrança, seu tempo, sua casa, seus pais. João perguntou.

— Ele sabia dessa ação?

— Ele tinha sido convocado para uma ação, mas não lhe foi dito qual era. A ação está preservada, mesmo que tenha acontecido o pior. Mas ficamos sem o nosso "médico". E não dá mais para alterar o plano. Tem muita gente envolvida. Então eu pensei que o nosso novo recruta poderia tomar o lugar dele.

— O Rodrigo? — estranhou João.

— Isso. Por que não? É verdade que ele é jovem, mas é grandão, bem crescido, tem mais ou menos o físico do Edgar. Aposto que a roupa que arranjamos cabe nele. Além disso, ele vai acompanhar a freira, que vai dizer tudo o que deve fazer. E a gente não desfalca o pessoal que tem mais experiência de fogo.

Voltou-se para Rodrigo.

— E aí, companheiro, aceita a tarefa?

Rodrigo engoliu em seco. Mas a adrenalina já estava a mil e ele acreditava que, na verdade, nada poderia lhe acontecer. Afinal seu tempo era outro. Pensava em si mesmo como num fantasma naquele momento. O que não impedia o coração de bater forte.

— Claro. Que é que eu tenho de fazer?

— Você vem comigo, que eu explico. Quanto a vocês outros, é o seguinte: tão vendo aquela porta mais estreita, ali no muro de trás da Santa Casa?

— Onde? — João esticava o pescoço, tentando ver.

— Ali, meio na sombra, a uns vinte metros daquela árvore, depois do portão grande — Xavier apontava —, como se fosse uma porta de serviço. Tão vendo?

— Tá, agora estou vendo.

— Vocês estacionam o carro do outro lado da rua, uns dez metros antes da porta. Daqui a uns quarenta e cinco minutos, um carro vai parar na frente da porta.

— Que carro? — perguntou João.

— Um Aero-Willys preto. E é daquela porta que a Kioko vai sair, junto com a freira e com o Rodrigo. Vocês ficam na cobertura e só entram na dança se sair algo errado, se aparecer polícia, por exemplo. Se tudo der certo, a Kioko entra no Aero-Willys, a freira segue a pé, o Rodrigo volta para este carro e todos vão embora. Entendido?

— Entendido. Sem problemas.

— Agora o Rodrigo vem comigo.

Laura abriu a porta do carro e inclinou-se com o encosto para dar passagem a Rodrigo. Quando ele se movimentou para sair, Cláudia segurou sua mão e a apertou. Rodrigo olhou para ela, que sorria com alguma preocupação. Ele também sorriu, procurando parecer confiante, e jogou um beijo. Saiu do carro.

10

Rodrigo andava ao lado de Xavier, em passadas largas e apressadas. Xavier falava.

— Não dá tempo de te levar em nenhum aparelho e você não pode ficar conhecendo a casa de nenhum companheiro aqui por perto. Por isso vai trocar de roupa dentro de uma Kombi que faz parte do esquema de segurança.

Uma quadra mais acima, na Sabará, a Kombi, com os vidros laterais e traseiro pintados com tinta fosca, estava estacionada numa área de sombra. Quando os dois se aproximaram, a porta lateral se abriu. Rodrigo entrou. Dois rapazes estavam no banco traseiro e havia uma roupa branca, dobrada, sobre o banco do meio. Xavier fechou a porta, entrou pela frente e se virou para ele por sobre o banco.

— Tem aí uma calça e um jaleco brancos. Veste por cima da tua roupa. Teu tênis é branco e acho que serve. Assim, quando você precisar tirar a roupa depois da ação, fica mais fácil.

Voltou-se para o motorista.

— Agora vamos para o outro ponto.

A Kombi moveu-se. Rodrigo começou a vestir as roupas por cima do jeans e da camiseta.

— E depois, que é que eu faço?

— Não te preocupa. Nós vamos encontrar a irmã Maria e você vai entrar com ela na Santa Casa. Ela sabe onde a Kioko está. Vocês vão levar para ela um hábito de freira, ela se veste e vocês saem com ela.

— Parece fácil. Mas o que é que eu vou fazer?

— Você e a irmã vão ter de ajudar a Kioko. Talvez ela esteja com alguma dificuldade para andar normalmente.

— Tudo bem. — Rodrigo pensava por que Kioko teria dificuldade para andar e não notou o leve estranhamento de Xavier à expressão "tudo bem". Xavier continuou.

— Se tudo der certo, vai ser fácil. Queremos sair sem chamar atenção. Você leva a arma, mas só vai usá-la em último caso, entendeu?

— Tá. Sem chamar atenção.

A Kombi parou, Xavier desceu e abriu a porta lateral.

—Depressa!

Rodrigo desceu, reconheceu a esquina da Cesário Mota com a General Jardim, a praça mal iluminada se estendendo ao lado. Não estranhava mais nada: o cenário pouco havia mudado desde aquela época. Alguns carros estacionados, a maioria fuscas. Atravessando a praça vinha uma freira. Xavier o cutucou.

— Vai.

Ele foi na direção da freira. Ela sorriu para ele.

— Boa noite, meu filho.

— Boa noite, irmã.

Ouviu a porta da Kombi bater, o motor acelerar e se afastar. Andando ao lado da freira, viu a Kombi seguir pela Cesário Mota e estacionar depois da Marquês de Itu, quase em frente à Santa Casa. A freira levava uma sacola. Olhou muito rapidamente para Rodrigo.

— Você não é muito... jovem para se meter nisso, meu filho?

— É que... — ele se sentia embaraçado — o outro companheiro não veio e só tinha eu para entrar.

— Ah... mas acho que não vai ter problema.

Logo estavam em frente ao portão principal da Santa Casa.

11

A freira cumprimentou o guarda no portão. Ao lado dele, encostado na parede da guarita, estava um outro homem. Evidentemente um policial, mesmo sem se levar em conta o cabo de revólver que forçava seu cinto. Lançou um olhar sem interesse à freira, mal fitou Rodrigo. Entraram.

— Aqui na frente tem dois carros deles.

Rodrigo viu as duas peruas C-14, estacionadas no meio das aleias que circundavam o jardim. Dois homens dentro de cada uma. Chegou a ver um terceiro policial, um pouco mais afastado. Comentou:

— Não estão todos aí. Acho que são quatro em cada carro.

— Às vezes um deles entra e fica vigiando os corredores — explicou a freira.

Passaram pelo lado das C-14 e seguiram em direção à entrada do prédio principal.

— Tem um outro carro lá fora, na Jaguaribe, vigiando a porta de entrada dos estudantes — disse a freira. — A única porta que não tem vigilância é aquela lá dos fundos, porque eles acham que não tem passagem entre esse prédio e o de trás.

Ela se calou, enquanto passavam perto de duas enfermeiras. Em seguida, sussurrou.

— Eles puseram um homem no corredor e outro no pátio interno. Mas dá para passar.

— E o do corredor, não vai ver a gente? — Rodrigo estava, subitamente, preocupado com os detalhes.

— Ele está sempre saindo, para ir ao banheiro, para ir fumar ou para ir à lanchonete. É só esperar o momento. E como ele nunca olha na enfermaria, para ver se a coitadinha ainda está lá, penso que vai haver um certo tempo até eles descobrirem.

Já andavam pelos corredores internos. Rodrigo sentia a boca seca, o coração martelando surdamente. Admirava a total tranquilidade da freira. Os corredores, abobadados, revelavam a idade da construção, embora imaculadamente limpos e conservados. De um lado, as janelas abriam para o pátio interno, calmo como o claustro de um convento.

Um homem, encostado a uma árvore quase no centro do pátio, fumava entediado, olhando para cima, como se quisesse enxergar a lua, escondida pelo telhado. Do outro lado, Rodrigo via passarem as portas das enfermarias, mal enxergando os pacientes em suas camas. Médicos, enfermeiras, algumas religiosas cruzavam em silêncio com eles. Apenas um suave sussurro de vozes lhe chegava aos ouvidos.

Entraram por outros corredores, passaram por portas envidraçadas. Para Rodrigo, parecia um labirinto. Já não tinha muita clareza de onde se encontrava. A freira sussurrou.

— É aqui.

Empurrou uma porta, ele entrou atrás dela. Uma enfermaria com vários leitos. Pacientes dormindo, enrolados nos lençóis, alguns com o soro, pendurado ao lado do leito pingando lentamente. O ambiente estava mergulhado em penumbra, mas uma réstia de luz da rua traçava um retângulo no chão e iluminava o rosto de uma mulher de idade, muito magra, que gemia. A freira se dirigiu para o fundo, onde uma cama se achava parcialmente escondida por um biombo. Rodrigo havia parado no meio do corredor formado pelos leitos, impressionado com o rosto descarnado da mulher que gemia. A freira o chamou com um gesto. Ele se aproximou.

— Puxe o biombo, meu filho — e mais baixinho —, você percebeu que o policial do corredor não estava lá, não é?

Ele concordou, embora, na verdade, nem tivesse se dado conta disso. Enquanto puxava o biombo, escondendo o leito, perguntou num murmúrio.

— É ela?

A freira concordou em silêncio. Colocou a mão no ombro da mulher que estava no leito, quase toda coberta e com o rosto voltado para a parede.

— Kioko...

A voz da freira era doce, quase um sussurro. O biombo claro refletia um pouco da luz da janela, criando um ambiente fantasmagórico. Kioko se virou na cama e olhou para ela. Rodrigo prendeu a respiração e precisou contrair os músculos para se controlar ao ver aquele rosto com imensas olheiras de sangue pisado, o canto da boca rasgado por um ferimento, o nariz coberto por um curativo, o cabelo aderindo à testa suada. O rosto de quem havia apanhado sem piedade, muitas vezes seguidas.

12

A freira se agachou ao lado de Kioko. Para Rodrigo, a impressão foi a de que Kioko precisou fazer um enorme esforço para focalizar os olhos. A freira falou baixinho.

— Nós viemos tirar você daqui, minha filha. Mas você vai ter que nos ajudar.

Muito rapidamente o olhar de Kioko entrou em foco, com um brilho de decisão. Ela ergueu a cabeça e encarou a freira. Sua voz saiu rouca, quase inaudível.

— Quem são vocês?

— Ele é da tua Organização — disse a freira, indicando Rodrigo. — Eu trabalho aqui no hospital. Teus companheiros planejaram tudo, tem carros e cobertura lá fora. Agora você precisa fazer a sua parte. Vamos nos preparar para sair.

Kioko sentou-se na cama. Seu rosto era uma máscara de decisão. Em apenas um momento ela teve uma contração de dor, gemeu baixo.

— O que é que eu preciso fazer?

A freira tirava umas roupas de sua sacola.

— Você veste este hábito, calça estes sapatos e sai conosco. Duas irmãs e um médico: nada mais normal.

Kioko pegou os sapatos, olhou-os.

— Acho que não vai dar para calçar isto.

— Porquê?

Ela tirou a perna de debaixo dos lençóis, mostrou a sola do pé. Rodrigo conteve, a custo, uma exclamação. Sentiu o ar faltar, uma pontada de náusea no estômago. A sola do pé de Kioko estava em carne viva.

— Palmatória na sola do pé — ela disse.

A freira deixou os ombros cair, desanimada.

— E agora?

Kioko moveu a boca, numa imitação de sorriso.

— Eu vou. Descalça.

— Mas os teus pés...

— Irmã, pra sair daqui eu andava até com a perna quebrada. Deixa eu ver essas roupas.

A freira entregou-lhe as roupas. Kioko endireitou o corpo, sentada sobre a cama. Jogou as pernas para fora, seus pés tocaram o chão e ela se contraiu numa careta de dor. Com as costas muito eretas, o rosto duro como pedra, abriu o hábito, verificou qual era o lado da frente e o vestiu pela cabeça, por cima da camisola. O hábito se abriu em torno dela, uma mancha branca sobre a cama.

Ela esticou as mãos para fora das mangas e, em seguida, as apoiou sobre a cama, ao lado do corpo.

Ficou parada por um momento, com o olhar vazio e fixo. E então, num único impulso, Kioko se pôs de pé, apoiando todo o peso nos pés feridos. O hábito desceu num drapejo, cobrindo-lhe totalmente pernas e pés. De sua garganta saiu um som surdo e baixo, ela oscilou, como se o corpo não obedecesse, mas logo se firmou. Seu rosto estava contraído, duro e de seus olhos escorriam lágrimas. Rodrigo olhava para ela, estarrecido pelo espetáculo de vontade e domínio de si mesmo a que assistia. Kioko puxou o capuz por sobre a cabeça, escondendo os ferimentos do rosto.

— Vamos — e começou a andar.

A freira se precipitou para tirar o biombo da frente de Kioko, que oscilava a cada passo. Rodrigo, saindo a custo de seu torpor, correu para segurar no braço dela. Kioko continuou a cambalear até o meio da enfermaria. Então respirou fundo, firmou-se, libertou o braço da mão de Rodrigo e começou a andar com passos firmes. A freira apressou-se a ficar ao lado dos dois, levantou também o seu capuz.

— Vocês me seguem. — E para Kioko: — Você está...

— Vá na frente, irmã. Eu estou bem.

A voz de Kioko saía *estrangulada*, por entre os dentes cerrados. A irmã se adiantou um passo e cruzou a porta. Voltou-se para eles, acenando levemente com a cabeça. Lado a lado, os dois deixaram a enfermaria.

13

O corredor estava como antes: quase vazio, só um ou outro médico ou enfermeira. Rodrigo olhou para os dois lados: o policial não se achava à vista. Caminharam lentamente em direção à esquina, onde o outro corredor ia contornando o pátio central. Kioko andava com dificuldade, mas sem dar a perceber. Algumas enfermeiras cruzaram com eles sem notar nada. Rodrigo ouvia a

respiração pesada a seu lado. Ele mesmo, maxilares contraídos, prendia o fôlego, na expectativa. O coração estava disparado, um filete de suor lhe escorria pela nuca. Só pensava em atingir o próximo corredor, esquecido de quem era, da época em que se encontrava e o quê, eventualmente, podia estar fazendo ali.
— À direita, agora — sussurrou a freira.
Viraram a esquina do corredor. Rodrigo teve a sensação de que houvera algum movimento atrás, próximo à porta da enfermaria. À sua esquerda, as janelas davam para o pátio. Lá, o policial ainda fumava, agora encostado no parapeito externo de uma janela. Rodrigo achou que ouvia vozes alteradas, vindas lá de trás, do outro corredor. O policial do pátio imediatamente ficou alerta, abandonando a atitude relaxada.
Alguma coisa deu errada, pensou Rodrigo. O gelo do estômago pareceu-lhe subir pelo peito. Mas antes que pudesse entrar em pânico, um médico, muito jovem, apareceu correndo pelo corredor e parou em frente a eles, escorregando no piso.
— Eles descobriram! Venham por aqui.
Não esperou resposta e embarafustou por uma porta lateral, mantendo-a aberta. Kioko não conseguia andar mais depressa. Pareceu, a Rodrigo, que levaram um século de pesadelo para cruzar lateralmente o corredor e chegar até lá. Ele ainda viu, pela janela, o policial jogar o cigarro fora e correr para fora do pátio.
O médico fechou a porta atrás do grupo e tomou-lhes a dianteira. Era uma enfermaria infantil, com poucos leitos ocupados. Apenas uma freira estava próxima a uma das crianças, que dormia. Ela fez um gesto quase imperceptível com a cabeça e continuou com seus afazeres.
O médico se dirigiu a uma outra porta, nos fundos da enfermaria, e a abriu. Um armário, com vassouras e baldes. O médico empurrou a parede do fundo e ela cedeu, girando sobre uma dobradiça. Atrás dela, na penumbra, havia uma escada.
— Por aqui. — A voz do médico era baixa, urgente.
Começaram a descer. O médico fez a parede do armário voltar à posição normal e travou-a. Acima da tranca havia um interruptor. Um leve estalo e uma luz mortiça, amarelada, surgiu em algum lu-

gar abaixo da escada. Rodrigo ia na frente de Kioko e percebia a dificuldade com que ela pisava os degraus. Logo no começo, ela perdeu o equilíbrio e se apoiou no ombro dele. Desceu o resto da escada assim — e a cada passo, ele sentia a mão de Kioko se contrair com a dor e ouvia o leve gemido que ela soltava.

Chegaram ao final da escada e Rodrigo parou por um momento. Diante dele se abria um túnel subterrâneo, largo, com as paredes formadas por tijolos aparentes e o teto em arco. O chão era de terra, a intervalos havia uma lâmpada elétrica com luz fraca e a passagem se estendia por uma boa distância, reta. Ele sentiu a pressão de Kioko em seu ombro e se afastou. Os outros desceram. O médico tomou a frente e eles caminharam pelo túnel. A freira ficou ao lado de Rodrigo. Falou baixinho, conspirativa.

— Esses subterrâneos existem desde que o prédio foi construído. Era hábito, desde a época da colônia, fazer esses túneis por baixo das construções mais importantes, por causa dos conflitos, das guerras e revoluções. Só espero que os policiais do DOPS não saibam disso.

— Mas onde é que o túnel vai sair?

— Ele sai numa salinha, que hoje é usada como quarto de despejo, mas que tem uma porta para fora. É uma porta de ferro, pequena, que abre no nível do muro, à esquerda do portão traseiro, na Dona Veridiana.

— Acho que eu vi, lá fora. Mas o carro está esperando em frente à outra porta, à direita do portão.

— Temos de rezar para que os policiais não desconfiem e não se desloquem para lá. E também para que o pessoal do carro nos veja e venha pegar a Kioko. Se não ela vai ter de andar um bom pedaço na rua, sem proteção.

Continuaram a andar pelo túnel. A intervalos, passagens laterais cruzavam aquela que percorriam. Num determinado momento, o médico entrou por um desses caminhos e fez sinal para que o seguissem. Andaram mais alguns minutos, naquele ritmo lento que lhes era imposto por Kioko. Rodrigo pensava que, com o tempo que gastavam, os policiais já teriam dado o alarme e o quarteirão todo já estaria cercado.

Afinal, depois de uma área onde havia muita umidade, com manchas de fungo nas paredes, o túnel terminava em outra pequena escada. Rodrigo ajudou Kioko a subir, dando-lhe a mão. Saíram numa salinha escura, com apenas uma janela alta e estreita de vidros foscos.

— Cuidado — sussurrou o médico.

Na penumbra, Rodrigo distinguia camas empilhadas, cadeiras de rodas quebradas e outros entulhos cujas formas não conseguia enxergar. O médico se aproximou de uma porta de ferro na parede, que Rodrigo a princípio não vira. A porta se abriu com um rangido, a luz amarelada da luminária da rua desenhou um triângulo no chão. O médico olhou para fora e fez um gesto para que saíssem.

14

Na rua as coisas começaram a acontecer mais rápido do que Rodrigo conseguia acompanhar. A porta pela qual haviam saído ficava a uns vinte metros de onde o Aero-Willys preto estava estacionado. Entre eles, a uns dez metros, uma C-14 da polícia tinha encostado de qualquer maneira em frente ao portão maior. Um dos policiais, com o revólver na mão, postava-se em frente à saída, olhando nervoso para todas as direções. Do outro lado da rua, o fusca com João e Laura.

Rodrigo chegou a perceber que Cláudia atravessava a rua ao encontro deles quando o Aero-Willys arrancou, os pneus cantando, manobrando em torno da C-14 para chegar onde estavam. O policial olhou alarmado para o Aero-Willys, Cláudia chegou correndo e segurou o braço de Kioko, a freira recuou para dentro da Santa Casa e fechou a porta. Rodrigo, agindo automaticamente, sem saber muito bem o que fazia, sacou a arma, olhando para o policial que girou, acompanhando o movimento do carro. O Aero-Willys parou bruscamente em frente a eles.

— Entrem! — o motorista berrou, ansioso.

Kioko, amparada por Cláudia, andava lentamente, como num pesadelo, em direção à porta. No rosto tenso, o suor que brotava se misturava às lágrimas de dor.

— Depressa! — gritou Rodrigo.

O policial viu a cena e começou a correr em direção a eles, levantando o revólver. A C-14 acelerou — seu motorista também vira a cena. Ao mesmo tempo, o fusca arrancou a toda, entrou na frente da C-14, chocando-se com ela e impedindo-a de chegar perto de onde Kioko estava. Rodrigo viu o policial gritando, o revólver apontado para eles e levantou também sua arma, pronto para atirar.

Um fragmento de pensamento passou por sua cabeça: não posso matar um cara no passado, isso pode alterar tudo, até minha própria existência. Baixou um pouco a pistola e atirou. A arma balançou sua mão com um coice violento. Ainda pensou ver as fagulhas arrancadas do calçamento pela bala, em frente ao policial, que se atirou para o lado e fez fogo em resposta.

— Cuidado! — O grito de João parecia vir de longe.

Rodrigo, quase sem perceber o que isso significava, viu o brilho da explosão da arma do policial, ouviu o zunido da bala passando perto. O policial se firmava e ia atirar de novo quando João, ainda meio dentro do fusca amassado, disparou uma rajada de metralhadora. Rodrigo viu a arma do policial voar longe e ele rolar para perto da parede, onde ficou quieto. Não conseguia imaginar com que gravidade o outro tinha sido atingido.

O motorista da C-14 tentava manobrar para livrá-la do fusca. Rodrigo levantou a arma e atirou na direção do para-brisas da perua. O vidro se estilhaçou com ruído, o motorista deixou o motor morrer. Laura havia conseguido chegar perto deles e abria a porta do Aero-Willys para Kioko. Cláudia se jogou no banco traseiro, Laura ajudou Kioko a entrar e voltou-se para Rodrigo.

— Entra aí também!

Enquanto ele corria para a porta aberta, Laura deu a volta no carro e entrou no banco da frente. O motorista arrancou com as portas ainda abertas, o ronco do motor e o guincho dos pneus se misturando ao barulho das portas batendo. Enquanto o carro entrava na rua lateral, Rodrigo percebeu que a Kombi chegava com as portas abertas. De lá de dentro duas metralhadoras disparavam rajadas contínuas, enquanto João corria para pegar o carro em movimento. Uma C-14 entrou na rua e foi colhida pelo fogo das metralhadoras. Derrapando, ela escapou pela transversal, ao mesmo tempo que João se jogava dentro da Kombi e esta acelerava para longe.

No banco de trás do Aero-Willys, Rodrigo ainda viu a Kombi desaparecendo na outra rua. O carro fez mais uma curva, mergulhando por uma avenida deserta. Rodrigo voltou-se para dentro do carro.

— Parece que acabou.

Kioko estava a seu lado, sentada rigidamente, sem apoiar as costas no encosto do banco traseiro. Ao ouvir a frase de Rodrigo, ela deu um longo gemido e desmaiou, o corpo relaxado tombando sobre Cláudia.

15

O motorista desligou o motor do Aero-Willys, já dentro da garagem do aparelho.

— Agora podem abrir os olhos.

Rodrigo obedeceu e identificou a garagem que já conhecia. Kioko continuava desmaiada, meio tombada sobre o ombro de Cláudia.

— Vamos levá-la lá para dentro. Deve haver uma cama por aí.

— Deixa que eu a carrego — disse o motorista.

Ele deu a volta pelo outro lado. Rodrigo se preparou para ajudá-lo. Cláudia desceu do carro, amparando a cabeça de Kioko. Laura correu para abrir a porta de comunicação entre a garagem e a cozinha.

Atravessaram a cozinha, entraram por um pequeno corredor. Laura abriu a porta de um quarto, onde havia uma cama de solteiro. Deitaram Kioko. Cláudia sustentou-lhe a cabeça, afastando o capuz. Ajeitou o travesseiro, enquanto Laura já entrava com uma toalha molhada. Começou a passar a toalha com cuidado no rosto de Kioko. Rodrigo e o motorista voltaram para a cozinha. O motorista abriu a geladeira.

— E aí, companheiro, vai uma cerveja ou algo assim?

— Não, não. Quero é água mesmo.

Ele estendeu a Rodrigo uma garrafa com água. Rodrigo procurou um copo no aparador, serviu-se. Tomou a água em grandes goles e desabou na cadeira, como se todo o cansaço do mundo despencasse em seus ombros. Soltou um longo suspiro. O motorista riu.

— Dá um puta cansaço, não é? Quando a gente relaxa.

— Porra, meu. Se dá. Parece que um caminhão passou por cima de mim.

O motorista, forte e de cabelos já brancos, tinha um permanente sorriso no rosto.

— Meu nome de guerra é Osvaldo. Você é o...
— Rodrigo...
— É tua primeira ação, não é?
— Dá pra perceber?
— Bom, a gente sempre fica mais pregado no começo. Dá medo, agitação, raiva, tudo junto. — Osvaldo era um pouco paternal.
— Pra falar a verdade, estou sentindo medo só agora. Na hora nem me toquei, mas agora...

Osvaldo riu. Rodrigo tomou outro copo d'água e levantou-se. Tirou o jaleco e a calça do disfarce de médico e ajeitou seus jeans que estavam por baixo. Sentou de novo. Os músculos doíam, mas ele não tinha sono. Osvaldo tomou um longo gole de cerveja, pôs o copo sobre a mesa e se recostou na cadeira.

— Na primeira vez em que me meti em alguma coisa parecida com essa também fiquei quebrado. Como se tivesse trabalhado uma semana na roça, sem parar pra dormir.

Rodrigo, o interesse despertado, olhou para ele.

— Mas isso já faz tempo — continuou Osvaldo. — Foi lá pelos começos dos anos 50...

E se lançou numa longa história, que se passava no interior de Pernambuco e envolvia a luta pela posse da terra, os camponeses se organizando no Partido Comunista e uma boa dose de violência. Rodrigo entendeu que, naquele tempo, Osvaldo tinha pegado em armas pela primeira vez e tinha combatido contra os jagunços de alguns donos de terra.

A evocação dos estampidos dos tiros, dos gritos dos feridos, da morte sob o sol inclemente do sertão fez o tempo passar depressa. No momento em que Osvaldo, peixeira no cinto e carabina na mão, já abandonava o Nordeste para ir ser candango na construção de Brasília, Laura entrou na cozinha.

— A Kioko acordou. Tá meio zonza, mas tá acordada. Aliás, não parou de falar desde que abriu os olhos. Ela quer te ver, Rodrigo.

— Quer me ver? Ela nem me conhece.

— Ela deve estar querendo saber quem foi o herói que entrou na boca do lobo pra tirar ela de lá... — disse Laura.

— Sabe, eu... — começou Rodrigo.

— Vai lá, companheiro — cortou Osvaldo. — Ela não conhece nenhum de nós e você, pelo menos, ela viu lá dentro.

— Tá bom.

Rodrigo se levantou, um pouco constrangido e com os músculos todos doloridos. Osvaldo comunicou, sem se dirigir a ninguém em particular.

— Daqui a pouco eu vou sair. Tenho um ponto com o Xavier. Acho que ele vem para cá mais tarde.

— É bom não demorar muito. Nenhum de nós, aqui, conhece o aparelho — disse Laura.

16

Rodrigo entrou no quarto. Kioko permanecia meio sentada na cama, apoiada contra a parede em alguns travesseiros. Já havia tirado o hábito e estava com a camisola da Santa Casa. Cláudia, sentada na beirada da cama, se dirigia a ela.

— A Laura vai arranjar algumas roupas. Deve ter alguma coisa aqui no aparelho.

— Qualquer coisa. Não aguento mais essa roupa de hospital.

A voz de Kioko soava enrouquecida, com uma respiração meio ofegante. Rodrigo parou na frente dela, sem saber o que fazer.

— Então você é o Rodrigo. Puxa aquela cadeira e senta aí. Eu agora não estou com muita coragem para me mexer daqui.

Rodrigo pegou a cadeira que ela indicava e sentou-se em frente à cama. Kioko o olhava, com curiosidade. Ele ficou meio sem graça.

— Mas vocês são tão novinhos — ela disse. — Quantos anos você tem, Rodrigo?

Rodrigo enrubesceu, envergonhado. Lembrou que, desde que aquilo começara, ninguém tinha lhe perguntado a idade. Resolveu mentir um pouco.

— Tenho dezoito.

— Imagino que você está militando há pouco tempo. E já envolvido numa ação dessa envergadura. — A voz de Kioko parecia triste. — Às vezes...

— O quê? — Rodrigo estava um pouco na defensiva.

— Nada, não. As coisas estão ficando muito, muito pesadas.

Ela se calou e havia uma sombra em seu rosto. Rodrigo pensou no inferno que ela havia passado lá dentro — e agora se preocupava com eles. Olhava para o rosto de Kioko e via as marcas da brutalidade, mas mal conseguia imaginar o que era aquele mundo de violência. Não conseguiu segurar o comentário.

— Tem um tio meu, irmão da minha mãe, que não acredita que houve tortura no Brasil.

— Houve? — perguntou Kioko. — Como, houve? Está havendo, agora, aqui, em todos os lugares. Esse teu tio precisava ver o que eles estão fazendo...

— E o que foi que eles fizeram com você? — Quase imediatamente, Rodrigo se arrependeu da pergunta. — Se você não estiver com vontade de contar, não conta. Eu não devia ter falado nisso.

Cláudia olhava para ele. Tentou intervir.

— A Kioko já estava contando algumas coisas, para mim e para Laura. Foi horrível. Não sei como ela aguentou.

Os olhos de Cláudia estavam cheios de lágrimas. Kioko segurou a mão dela e falou. Suavemente, com uma imensa tristeza, mas sem raiva.

— Foi mesmo horrível.

— Ela quase morreu — disse Cláudia, baixinho. — Ficou em coma e perdeu um bebê.

Rodrigo tentou falar alguma coisa, mas permaneceu boquiaberto, sem saber o que dizer.

— Eu nem mesmo sabia que estava grávida — contou Kioko. — No segundo dia, depois de me baterem muito, veio uma hemorragia muito violenta. Eu tinha abortado.

Rodrigo olhou para Cláudia, que tinha baixado a cabeça, escondendo o rosto. Uma lágrima escorria pela face de Kioko. Rodrigo começou um gesto, mas o interrompeu.

— É difícil falar de algumas coisas... — continuou Kioko baixinho. — É mais fácil contar que eles me penduraram no pau de arara e me deram choques do que...

Rodrigo, inclinando o corpo para frente, pôs a mão no braço de Kioko. Gaguejou.

— Se... se não quiser falar... não precisa.

— Eu preciso contar. — A voz de Kioko estava um pouco mais firme. — Acho que vou precisar contar tudo isso muitas vezes... até me livrar dessas lembranças.

Os dois, agora, olhavam para ela, admirados e em expectativa.

— Desde o começo, eles queriam que eu entregasse o Emílio. Sabiam que ele era dirigente da Organização e que eu era mulher dele e que morava com ele no aparelho da direção. Então eles queriam que eu contasse onde era o aparelho e em que lugares daria para eles pegarem o Emílio.

Ela esboçou um sorriso triste.

— Eu neguei até que conhecesse o Emílio, quanto mais que fosse companheira dele. Aí eles foram perdendo o controle, ficando com muita raiva.

O olhar de Kioko estava fixo em algum ponto da parede. Ela se recostou no travesseiro. Cláudia limpou os olhos com as mãos.

— Eles já tinham me batido muito, desde a véspera — continuou Kioko, com um fio de voz. — Já tinham usado a palmatória nos meus pés e me pendurado no pau de arara.

— Como você conseguiu resistir? — admirou-se Rodrigo.

— Não sei... teve uma hora em que parecia que eu não ia aguentar mais, e lembrei de uma sutra budista que minha mãe sempre reza. Uma coisa repetitiva, que eu tinha decorado muito tempo atrás, quando criança. Comecei a repetir aquelas palavras. E aquela repetição tomou conta do meu pensamento e das minhas sensações. Era quase como se não houvesse mais nada.

— Isso deve ter deixado os tiras mais furiosos ainda — comentou Cláudia.

— Foi isso mesmo. Eles me obrigaram a ficar de pé, mas meus pés estavam feridos. Eu caí... e chorei, acho. O delegado ria porque eu estava chorando, dizia que agora eu ia falar e me chamava de vaca. Eu disse que vaca era a mãe dele.

Rodrigo sentava-se na ponta da cadeira, sem conseguir esconder a tensão.

— **Ele então começou a me chutar, ali no chão — continuou Kioko. — Tentei me defender, me encolhendo toda, mas não teve jeito. Vários chutes me pegaram na barriga, eu senti uma pontada muito forte no ventre e, logo depois, o sangue escorrendo por baixo, numa hemorragia que me pintou as coxas de vermelho.**

Cláudia, agora, chorava em silêncio. As lágrimas escorriam por seu rosto, enquanto ela olhava para Kioko.

— Foi aí que eles te levaram para o hospital? — perguntou Rodrigo.

— Não, eles me levaram para a cela — respondeu Kioko. — Não sei quanto tempo fiquei deitada no chão, não sei se dormi ou desmaiei. Só me lembro de que já era o dia seguinte e os tiras vieram me buscar para novo interrogatório. O delegado começou um discurso dizendo que já tinham tido muita paciência comigo, que por muito menos outros presos tinham sido mortos.

Kioko parou de falar um pouco e quase sorriu. Era a caricatura de um sorriso.

— Ele chegou bem perto, se apoiou nos braços da poltrona e inclinou o corpo por cima de mim. Eu me encolhi, com medo, e ele riu. Então coloquei todas as forças que me restavam num chute. Acho que o atingi na virilha, em algum lugar por aí. Ele voou até o outro lado da sala e caiu no chão.

Cláudia e Rodrigo estavam inclinados na direção de Kioko, bebendo suas palavras.

— Demorou algum tempo até que ele veio cambaleando para cima de mim. Começou a me bater totalmente sem controle, socos, tapas, chutes. A violência das pancadas acabou me jogando no chão e ele continuou a me chutar, gritando coisas desconexas.

Kioko deu um longo suspiro.

— Desmaiei. Acordei na cela, muito mais tarde. Notei que estava coberta com um lençol e que tinha febre. Febre alta, aliás. Daí pra frente as coisas se confundem. Não sei quanto tempo passou, não sei o que era delírio da febre e o que era realidade. Só fui recobrar a consciência naquela cama do hospital.

17

Rodrigo olhava o rosto marcado de Kioko e sentia como que um ruído na cabeça. Aquilo era muito novo e muito assustador. Já tinha visto muitos filmes de violência na televisão, ouvido histórias da violência urbana dos anos 90, já tinha mesmo escutado seus pais — e os amigos deles — falarem da tortura e da violência policial nos anos da ditadura.

Mas era completamente diferente estar ali, sentado em frente de uma pessoa que acabara de passar pela experiência real, de uma pessoa em relação à qual começara a desenvolver um sentimento de proximidade e, mesmo, de admiração. Além do mais, aquilo tudo deixava de ser história, com sua aura tranquilizadora de coisa passada e resolvida, para se tornar um presente próximo e inquietante.

Toda aquela história de dor, de sofrimento, de degradação humana lhe parecia tão absurda que não conseguiu conter uma indagação que, imediatamente, achou idiota.

— Mas, Kioko, valeu a pena tudo isso?

Percebeu que Cláudia lhe lançou um olhar alarmado. Antes que pudesse se arrepender da pergunta, Kioko sorriu para ele.

— Claro que valeu, Rodrigo. Eles não tiraram nenhuma informação de mim. O Emílio ganhou tempo para sair de circulação, a Organização pôde reestruturar seus contatos. Além disso, e isso é muito pessoal, eu venci. Eu mostrei para eles que uma pessoa pode enfrentar a dor e até a morte, sem fraquejar.

Parecia que pensar assim havia devolvido alguma confiança a Kioko. Seu rosto se recompunha. Rodrigo, confuso, mas percebendo que a linha de conversa não era ruim para ela, insistiu.

— Mas não é só isso. O que eu me pergunto é se todo esse sacrifício vale a pena em relação... aos motivos pelos quais a gente luta.

Rodrigo notou que estava, quase sem querer, assumindo a luta dos outros. Pelo canto do olho, viu que Cláudia sorria, olhando para ele. Ela imaginava que ele estava desviando o assunto para animar Kioko. Se era isso, parecia estar dando resultado.

— Valeu a pena, sim. — Kioko escolhia as palavras. — Nossos objetivos só vão ser alcançados com muito sacrifício. Vai ser preciso muita luta para construir os nossos sonhos.

— Sonhos? — espantou-se Rodrigo.

— Na verdade, a gente anda atrás de um sonho. O sonho de um mundo sem fome, sem guerras, sem miséria, nem mesmo pobreza. Onde haja saúde, comida, casa e educação para todo mundo, sem nenhuma exceção. O sonho de um mundo onde as pessoas possam trabalhar naquilo que gostam e ganhar a vida com isso.

Onde o comportamento de todos possa ser livre, sem ninguém para censurar ou encher o saco.

— E isso existe?

— Acho que não. Ainda. Mas pode vir a existir, em todos esses lugares onde está se construindo o socialismo, ou lutando pela sua vitória, como Cuba, Vietnã, China. Ou até aqui...

Ela sorriu, se recostou no travesseiro.

— Eu estou me sentindo muito cansada, agora. Já deve ser tarde, não?

Cláudia olhou o relógio.

— Já são mais de duas da madrugada. Você precisa dormir, Kioko. A gente não devia estar te incomodando.

— Não, não. Eu precisava conversar, saber que ainda existem pessoas como vocês, que aqueles monstros lá são uma exceção. Agora estou mais tranquila e está me dando muito sono.

— Dorme. Nós vamos estar lá na sala.

Kioko se deitou. Cláudia ajudou a ajeitar os travesseiros e, em seguida, ela e Rodrigo deixaram o quarto. Cláudia apagou a luz ao sair. Laura, sentada à mesa da cozinha, cochilava. Foram para a sala, que só estava com uma luz acesa, mergulhada numa penumbra agradável. Em silêncio, acomodaram-se no sofá.

— Você está tão quieto — comentou Cláudia.

— Acho que estou um pouco abalado com o que aconteceu com Kioko. Sei lá, é muito *novo* pra mim.

— Como, novo? — espantou-se Cláudia. — Você não sabia que tudo isso estava acontecendo?

— Saber, eu sabia. Mas... sei lá, é diferente você saber, assim no geral, e estar ali, vendo as marcas no rosto dela.

— Sei — disse Cláudia — eu entendo. É que... eu não devia falar essas coisas, mas enfim... meu irmão, sabe, eu tenho um irmão mais velho e faz menos de seis meses que ele foi preso. Um dia eu fui visitá-lo na prisão e ele me contou o que tinham feito com ele. Eu passei dois dias chorando...

Ela chegou mais perto de Rodrigo.

— Rodrigo... estou ficando com muito sono, meu olho tá fechando... Posso cochilar um pouco no teu ombro?

— Claro, Cláudia. O meu ombro está à disposição, faça dele o que quiser... Eu estou um pouco ligado ainda. É muita coisa nova junto.

Cláudia apoiou a cabeça no ombro dele e, com toda naturalidade, pegou-lhe a mão. Fechou os olhos. Rodrigo ficou com a sensação agradável daquela presença a seu lado, com uma impressão de intimidade que fazia parecer que conhecia Cláudia há muito tempo — e não apenas há menos de um dia.

Ele olhava o desenho complicado do papel de parede, sem vê-lo de verdade. Sua cabeça viajava meio sem rumo por todas as informações novas que tinham surgido nas últimas sete ou oito horas. Às vezes as imagens e os sons daquele momento se fundiam com as imagens e os sons da sua época: às vezes se sobrepunham, às vezes se chocavam. Não podia contar para Cláudia, mas o que mais lhe ocupava o pensamento, agora, eram aquelas afirmações tranquilas de Kioko sobre o futuro do socialismo, o futuro de seu sonho, do sonho de toda uma geração.

Uma geração da qual, lembrou, seu pai fazia parte. Ficou pensando nele. O olhar ao mesmo tempo irônico e cansado, o cabelo e a barba, brancos e desalinhados, os eternos jeans desbotados, os tênis gastos. Aquele jeito de velho *hippie* fora de época. Talvez ele tivesse passado várias noites como essa, sentado numa sala como essa, ouvindo esses ruídos e confiante de que estava mudando o mundo.

Essa era a diferença. Porque Rodrigo já conhecia o resultado. E — claro como se fosse real, como se estivesse acontecendo ali — veio-lhe à memória uma conversa na sala de sua casa, em 1992.

18

Seu tio tomava o café e olhava as imagens da televisão, que estava com o som desligado.

— Não adianta, cara, aquilo acabou, não tem mais socialismo nem comunismo, nem coisa nenhuma. Budapeste, Varsóvia, Moscou, tudo virou um bordel. Parece aqui. Tem prostituta, criança de rua, trombadinha, tudo igual. E McDonald's, Coca-Cola, filme do Schwarzenegger. Não sobrou nada. A gente até podia achar que o nosso sonho de um mundo novo e mais justo não era representado pela União Soviética e pelo Leste Europeu. Mas a gente tinha de admitir que aquilo parecia sólido, consistente. E, no entanto, olha aí: acabou tudo, com um sopro, sem muito barulho...

Seu pai estava afundado no sofá, fumando. Demorou um pouco para falar.

— É, eu acho que acabou mesmo. Mas acabou porque tinha de acabar. Tava tudo errado há muito tempo. A gente sonhou com uma coisa, o que existia lá era outra e o que os caras de lá queriam não era nenhuma dessas duas.

Rodrigo estava ouvindo com meia atenção, enquanto esperava o especial do Guns na MTV. Alguma coisa, porém, talvez o interesse em descobrir quais tinham sido os sonhos de seus pais, o fez prestar atenção, apurar o ouvido.

— Mas o que você acha que eles queriam?

— Sei lá. Liberdade, talvez — disse seu pai. — Mesmo aqui no Brasil, eu acho que a maioria lutou, nos anos de 1960 e 1970, contra a ditadura, contra essa coisa cinzenta, repressora, moralista. Por liberdade. E não pelo socialismo.

— Eles, lá, não estavam lutando contra nada. Pelo menos não nesse sentido que você falou aí. — Seu tio estava irritado. — Eu acho que os motivos mais imediatos da queda do socialismo no Leste Europeu foram o Big Mac, a calça jeans, o tênis Nike e o videocassete. Era isso que os caras de lá queriam.

— Eu acho que não é nada disso. É que lá, também, o sonho acabou. Se o que você tem é só comida na mesa, uma casa pra morar e uma tremenda falta de perspectivas para o futuro... é o sufoco.

Seu tio pôs a xícara de café em cima da mesa. Gesticulava.

— Parece que você acha pouco comida na mesa e casa pra morar... Você sabe muito bem o que é a fome no Nordeste ou aqui mesmo, na periferia de São Paulo...

— Não vem com essa — seu pai argumentava com calma. — Você sabe o que eu estou querendo dizer: é claro que faz parte de qualquer sonho acabar com a fome. Só que apenas isso não basta, cara. A fome dos homens não é só de comida, é também de liberdade, de fantasia, da possibilidade de sonhar. E a essas coisas qualquer ditadura impede o acesso, corta, proíbe, mesmo que acabe com a fome por comida. Aí as pessoas morrem na alma.

Os dois ficaram quietos, olhando sem ver a televisão. Rodrigo não havia se esquecido de nada daquilo. A lembrança da conversa lhe voltara com uma nitidez dolorosa. Pensou na tristeza que vira nos olhos de seu pai, em contraste com a calma confiança que lhe transmitiam os de Kioko. O que ele estava conseguindo compreender agora era que aquela geração anterior à sua tinha sonhado alto, jogado alto, e perdido. Ainda lhe era difícil avaliar a dimensão dessa perda.

Cláudia se mexeu e Rodrigo então notou que ela estava dormindo profundamente, encostada em seu ombro. Ela estava de mau jeito, com o pescoço meio torto. Deixou que Cláudia escorregasse de seu ombro, amparando-a com o braço. Sem acordar, ela se ajeitou no sofá, apoiando a cabeça na coxa de Rodrigo. Ele sorriu, olhando o rosto adormecido, e ficou acariciando seus cabelos. Cláudia parecia absolutamente em paz e muito distante dali.

Rodrigo relaxou, deixando a cabeça se apoiar no encosto do sofá. Olhava o teto de gesso, em que tênues reflexos de luz brincavam com os relevos. A casa estava no mais absoluto silêncio. Mesmo da rua não vinham ruídos: a madrugada já havia afastado os passantes e até mesmo os ônibus. Apenas no limiar da audição havia aquele ruído indistinto da cidade grande, mesmo quando está quieta. Uma grande paz parecia envolver a casa, como se a violência, a crueldade, o perigo fossem fantasmas da luz, empurrados para longe pela escuridão e pelo silêncio.

Um súbito ruído de motor de carro fez com que ele estremecesse. Percebeu que tinha dormido por algum tempo, talvez mais de uma hora. Cláudia continuava deitada em seu colo e ele sentia a coxa um pouco dormente. As coisas entraram em foco quando localizou o ruído como sendo o de um automóvel que manobrava para entrar na casa. Ouviu nitidamente a porta da garagem se fechar. Mexeu-se e Cláudia acordou.

— Alguém acaba de chegar no aparelho — disse Rodrigo.

19

Enquanto Cláudia se levantava, Rodrigo ouviu a porta de comunicação com a garagem se abrir. Rapidamente, eles foram para a cozinha. Xavier, João e Osvaldo já haviam entrado, aparentando cansaço. Com o movimento, Laura acordou assustada, jogando o corpo para trás na cadeira. Olhou para João.

— Nossa, que cara! Que foi?

— O Alberto foi preso. O aparelho dele caiu.

Laura ficou pálida. Xavier e Osvaldo se encostaram na pia. Rodrigo e Cláudia, parados na porta, viram João se apoiar sobre a mesa. Laura estava muito assustada.

— Puta que o pariu! Isso não podia acontecer! Como é que foi?

— Os detalhes ainda não sei — disse João. — Mas o Edgar, o enfermeiro que faltou à ação de hoje, caiu mesmo. A gente conseguiu confirmar, agora de madrugada, com o irmão dele. Aí havia uma possibilidade de o aparelho do Alberto estar em risco, porque o Edgar conhecia a região onde ele ficava, por causa daquela vez em que o Alberto foi ferido.

João parou para ordenar seus pensamentos.

— Uma das formas de tirar a Kioko de São Paulo era por intermédio do Alberto — continuou. — Então nós fomos até a casa dele, mas com cuidado. Só que nem precisava de cuidado. A rua tava tomada, tinha uns cinco carros da polícia lá, a casa toda arrombada. Eles ainda não tinham tido tempo de armar a campana. Saímos de fininho e o Xavier foi checar com a Dora: o Alberto estava em casa. Tinha ficado com ela até umas dez horas e depois tinha ido para casa. Com certeza ele estava lá quando a polícia chegou.

— Coitado, deve estar apanhando tanto... Mas ele não vai falar, eu conheço o Alberto.

Xavier se adiantou, olhando sério para Laura.

— Camarada Laura, por mais confiança que a gente tenha no companheiro, não se pode arriscar. Tudo o que ele conhecia ou podia conhecer tem de ser imediatamente desmobilizado. Além disso há um aspecto mais preocupante ainda.

— O que é?

— Essa casa aqui onde nós estamos foi alugada pelo Alberto — disse João. — Você sabe que ele tinha uma vida perfeitamente legal, com um bom emprego e tudo e, por isso, fazia às vezes de fachada legal para muitas de nossas atividades. Infelizmente, nós desconfiamos de que o contrato de locação estava lá, na casa que caiu. A gente calcula que não se passem muitas horas até que os tiras descubram esse endereço. Eles examinam de cara todos os papéis que encontram, exatamente atrás de endereços ou de indicação de pontos.

Rodrigo se adiantou.

— Então o que é que a gente faz? Porque tem que ser já, não é mesmo?

— É, é isso mesmo — disse João. — No carro, a gente veio pensando numa saída. Em primeiro lugar, o Xavier e o Osvaldo levam a Kioko embora daqui. Depois um deles volta para nos apanhar. Só um, para sobrar lugar no carro.

— E por que a gente não vai embora, todo mundo? — perguntou Cláudia. — Se este aparelho cair, não há motivo para não sabermos onde ele fica.

— Ainda não é certo que ele tenha caído — argumentou João. — E mesmo que tenha caído, melhor não saber onde era. Compromete menos. Além disso, são quatro da manhã. Sair a pé por aí não está entre as coisas mais seguras do mundo.

— E tem mais — interveio Xavier. — Vocês têm uma tarefa muito importante enquanto esperam: limpar o aparelho. Recolher tudo quanto é papel e queimar, para não deixar nenhuma pista. Se isso tivesse sido feito na casa do Alberto, não estaríamos nessa situação.

— Mas, Xavier, ninguém sabia que a casa tinha caído, nem mesmo o próprio Alberto — insistiu Laura.

— Tá, tá bem. Não estou criticando o companheiro. Estou apenas alertando para um princípio de segurança que deve sempre ser seguido.

Laura se levantou, decidida.

— Então é isso. Sem tempo a perder. Vamos pôr a Kioko no carro. Depois ficamos limpando a casa. Aliás, para onde vocês vão levar a Kioko? Arriscar que ela seja recapturada depois de tudo o que se fez hoje é um pouco demais.

— Não se preocupe — disse Xavier. — Vamos nos encontrar num ponto de rua com a companheira Aiko, Kioko segue no carro dela e vai para um aparelho que nenhum de nós conhece. Daqui a alguns dias, quando tudo ficar mais calmo, vamos levá-la para o Rio.

— Então tá. Agora, mãos à obra. — Laura já ia saindo da cozinha.

Osvaldo olhava para eles. Fez um gesto.

— Pera aí, vamos só combinar mais uma coisa.

— O quê? — Laura parou.

— Se quando eu voltar para pegar vocês, daqui a, digamos, uma hora, eu perceber que tem polícia no pedaço, não vou entrar na garagem. Vou dar a volta na quadra e parar na rua paralela a esta. Quer dizer, se a polícia chegar, vocês pulam o muro dos fundos e saem pelos telhados até a rua de trás. Todas as casas são baixas e dá perfeitamente para escapar pelos telhados.

— Tá bom — concordou João. — Só espero que não seja necessário. Agora vamos acordar a Kioko.

20

Kioko caminhou com dificuldade até o carro. Antes de entrar, parou e se voltou para Rodrigo e Cláudia, que a amparavam. Pegou a mão dos dois e, olhando alternadamente para cada um deles, disse:

— Até um dia, companheiros. Quero muito voltar a ver vocês dois.

Cláudia beijou Kioko no rosto. Rodrigo ficou parado, imóvel, sem ação. Naquele momento seria incapaz de dizer se preferia voltar a seu tempo, seus amigos e sua família ou ficar ali, naquele universo tenso e carregado de sentimentos fortes.

Kioko já havia entrado no carro, que dava marcha à ré, saindo para a madrugada. João fechou a porta da garagem e virou-se.

— Bem, gente, vamos lá. Rodrigo e Cláudia dão uma geral nos quartos, Laura e eu fazemos o resto da casa.

Com algum esforço, Rodrigo voltou ao normal. Cláudia já estava indo para o quarto e fez um gesto, chamando-o. Quando ele entrou no quarto, ela já abria uma escrivaninha.

— Venha me ajudar aqui. Olha quanta papelada.

Havia, de fato, um enorme volume de papéis. Começaram a tirar tudo da escrivaninha e a arrumá-los no chão, em pilhas. Cláudia voltou-se para ele.

— Para ir mais depressa, examine aquela estante ali.

Era uma velha estante de madeira. Havia livros encadernados, a maioria romances e volumes de poesia. Entre os livros, folhetos mimeografados, papéis datilografados ou manuscritos. Rodrigo começou a juntá-los. Notava em muitos as siglas de organizações ou partidos. Alguns traziam toscos desenhos de operários ou guerrilheiros em poses heroicas.

— Quanta papelada — resmungou.

Ao amontoar os papéis no chão, conseguia ler uma ou outra frase: "... a tomada do poder através do cerco das cidades pelo campo depois de uma guerra popular prolongada...", "... o caráter democrático popular da Revolução Brasileira, que se contrapõe à proposta de uma revolução socialista de imediato...", "... o foco guerrilheiro como exemplo e elemento desencadeador da luta no campo". Para ele, aquilo tudo era uma língua estrangeira. Mas, agora, parecia ter um certo apelo emocional, porque fazia parte do universo daquelas pessoas que estava aprendendo a admirar e a gostar.

A pilha já estava razoavelmente volumosa. Cláudia olhava embaixo da cama.

— Aqui não tem mais nada. Vamos levar lá para fora.

Encontraram João e Laura na cozinha. Sobre a mesa já havia um monte de papel.

— E isso porque não vamos mexer nos livros — disse João. — Só os documentos e os manuscritos.

— Mas o que é que nós vamos fazer com isso tudo? — perguntou Cláudia. — Queimar? Vai dar a maior bandeira.

— Vamos levar para o banheiro — resolveu João. — Tem uma banheira lá. A gente queima aos poucos e depois passa uma água na banheira.

— Não é a melhor das soluções, mas... acho que não tem outro jeito — conformou-se Laura.

Levaram tudo para o banheiro. A pilha ficou no chão. Cláudia e Rodrigo punham, aos poucos, os montes de papéis dentro da banheira. João, munido com um isqueiro, acendia as bordas, enquanto Laura, com um balde cheio de água na mão, vigiava para evitar que o fogo se propagasse.

Mantinham a chama pequena, mas um forte, quase insuportável cheiro de queimado se espalhava pela casa. Uma fumaça escura começava a se acumular no banheiro, saindo aos poucos pela janelinha basculante. Rodrigo já sentia os olhos arder e duvidava do acerto daquela medida. Olhou para Cláudia e ela estava com os olhos vermelhos. De repente João parou o que fazia e ficou atento.

— Vocês não ouviram nada?

— Não, o que foi? — perguntou Rodrigo.

— Parecia um carro parando, na rua.

— Talvez não seja nada — contemporizou Laura.

— Mas é melhor ir ver — comandou João. — Apaga o fogo aí.

Laura derramou o balde sobre as chamas, deixando os papéis enegrecidos no fundo da banheira. Cláudia olhava desconsolada para a razoável pilha que ainda sobrava sem ter sido queimada. Rodrigo seguiu João para a sala.

João, com cuidado, afastou a cortina e abriu apenas uma fresta da janela. Rodrigo apagou as luzes.

— Olha lá, eu sabia.

Rodrigo colou o rosto na fresta e viu, a alguma distância, um carro grande e escuro, talvez um Simca, parado com as portas abertas. Dois homens se encostavam nele, enquanto dois outros caminhavam lentamente pela calçada oposta, olhando as casas.

— São os tiras. Eles estão levantando o local e esperando reforços — disse João.

— Parece que não sabem onde é a casa — comentou Rodrigo.

— Bobagem. Eles sabem, sim. Estão só olhando em torno pra ver se há mais alguma coisa suspeita, para não serem pegos pelas costas. Vão entrar. Nós temos de pular fora — afirmou João.

— Mas, por onde?

— Pelos fundos e pelos telhados, como o Osvaldo falou. Vamos logo. Precisamos distribuir entre nós as armas que tem aqui — João se apressava.

— E se o carro não estiver lá? — inquietou-se Rodrigo.

— A gente sai a pé. Eu nem tô mesmo contando com o carro. Se a gente conseguir chegar na outra rua antes deles, temos uma boa chance de escapar. Esse bairro é bom para fugir — disse João, afastando-se da janela.

— Eu nem sei onde nós estamos.

João parou, olhou para Rodrigo.

— É mesmo. Estamos no Brás. Espero que você conheça o Brás.

— Alguma coisa.

Rodrigo engolia em seco. Conhecia muito pouco do Brás, quase nunca havia passado por ali, mesmo considerando que em mais de vinte anos o bairro quase não tivesse mudado. A proximidade do perigo fazia com que, novamente, sua boca ficasse seca, seu coração acelerasse, o cansaço e o sono desaparecessem por milagre.

— E os papéis que não chegaram a ser queimados? — insistiu.

— Agora não tem mais jeito — disse João, afastando-se. — Além disso, eu só vi material teórico. Acho que não tinha nenhum documento que possa comprometer.

O homem lá fora olhava para a casa, como quem avalia. Rodrigo fechou a fresta de janela, respirou fundo e seguiu João, que já estava chamando Cláudia e Laura.

21

João abriu a porta da cozinha que dava para a área de serviço. A luz estava acesa. Havia um pequeno pátio com piso de cacos de cerâmica, cordas estendidas formando um varal e, ao fundo, uma lavanderia. Sobre a lavanderia, uma edícula. João voltou-se para os outros.

— Quando a gente sair, eu vou na frente e o Rodrigo apaga a luz de fora, pra gente se mover no escuro. Então tratem de memorizar bem esse pátio. Olhem aquela escada que leva ao quartinho em cima da lavanderia. Lá em cima, subindo para o corrimão, dá para passar para a borda de telhado que circunda o cômodo. Aí vocês vão se apoiando na parede, até acabar a construção.

— Pra onde dá esse caminho? — perguntou Laura.

— Dá direto no telhado do vizinho de trás — continuou João. — Aí é só ir reto, passando de telhado pra telhado até chegar na outra rua. Essas casas aqui são todas geminadas, a quadra é quase toda geminada. Assim eles não podem nos ver da rua e os telhados todos se tocam. Deu pra entender?

Rodrigo olhou lá para fora, guardando bem a disposição da construção. A pistola fazia pressão em seu estômago.

— Tudo bem, vamos lá.

João saiu, segurando a metralhadora na mão direita. Laura e Cláudia seguiram atrás dele. Rodrigo apagou a luz e também os acompanhou, sem fechar a porta. Estava escuro, mas não tanto quanto ele esperava. Olhou para cima: o céu começava a apresentar os primeiros sinais de luz do fim da madrugada, aqueles tons de azul que se superpõem à escuridão. Estava um pouco frio e Rodrigo achou bom ter vestido a malha que encontrara no armário por cima de sua camiseta.

João já subia a escada. Trepou para o corrimão, se esgueirou junto à parede e sumiu. Laura foi imediatamente atrás dele. Cláudia hesitou. Rodrigo chegou junto a ela, que tomava impulso, com um dos joelhos já no parapeito.

— Ajuda aqui — sussurrou Cláudia.

Rodrigo segurou-a pela cintura e a levantou. Por um momento, toda aquela situação parecia irreal e distante. A única coisa concreta e extremamente agradável era o peso e a proximidade de Cláudia, o calor que vinha dela quebrando o friozinho da madrugada. Ela subiu ao parapeito e se esgueirou pela parede.

— Vem logo — ela chamou, antes de sumir atrás da parede.

Rodrigo subiu de um salto e olhou para trás, vendo a porta da cozinha entreaberta lançando uma estreita faixa de luz sobre o chão do pátio. Parecia tudo muito calmo. No entanto, antes mesmo que se mexesse, ouviu claramente gritos que vinham da rua em frente:

— Abram, é a polícia!

Rodrigo grudou as costas na parede, ficou por um momento sem saber o que fazer. Entre os gritos, ouvia o barulho de fortes batidas nas portas. De repente, uma rajada de metralhadora, o som da porta desabando e os gritos dos policiais dentro da casa. No meio do ruído, o sussurro irritado de João.

— Porra, que é que tá esperando? Os tiras tão aí, vamos embora.

Rodrigo se apressou em vencer a parede. Logo ela terminava. Ele se agachou sobre o telhado e deu para ver a silhueta de João e das duas garotas, que já se afastavam, andando semiagachadas sobre o telhado. Ele as imitou. O telhado ainda estava quase totalmente escuro. Não dava para ver onde pisava. Ouvia o ruído dos tênis sobre as telhas, de vez em quando um som de algo se quebrando.

O barulho que os policiais faziam dentro da casa ficava cada vez mais para trás. A impressão que tinha era a de que estavam quebrando tudo. Cláudia havia diminuído a velocidade de sua marcha e estava, agora, ao lado dele. Ela escorregou, soltou um palavrão, se apoiou com as mãos nas telhas. Rodrigo pegou-lhe o braço, ajudou-a a se levantar. Ela deixou a mão deslizar até encontrar a de Rodrigo. Continuaram a fugir de mãos dadas, equilibrando um ao outro.

O céu ficava cada vez mais claro e um ventinho quase gelado começou a soprar. De repente, Rodrigo notou que o ruído surdo dos policiais havia mudado. Algumas vozes estavam mais claras:

— Aqui também tá vazio. Nada!

— Acende a luz.

Rodrigo sussurrou para Cláudia, sem diminuir o ritmo da corrida.

— Eles tão na área de serviço. Logo vão descobrir pra onde fomos.

Apressaram o passo. João e Laura, mais à frente, faziam o mesmo. Um grito mais alto dos tiras chegou até eles.

— Porra, olha essa escada! Olha aqui, até onde ela vem! Os sacanas fugiram pelo telhado!

— Vê se enxerga alguma coisa!

— Por enquanto não tá dando para ver nada.

Rodrigo e os outros se abaixaram mais ainda. Agora formavam um grupo compacto e Rodrigo notou que João segurava a metralhadora com firmeza enquanto corria agachado. Ouviu o grito excitado de um policial.

— Lá! Olha lá, um movimento ali!

Soou um tiro isolado e, logo, uma rajada curta de metralhadora. A apenas alguns metros de distância, Rodrigo viu as balas pipocando nas telhas. Imediatamente ele e os outros se deitaram.

— E agora, que que a gente faz? — a voz de Laura soou angustiada.

Rodrigo levantou a cabeça e pôde ver os vultos de três policiais que vinham andando, já nos telhados. Eles estavam separados, mas andavam de pé, sem muito cuidado.

— Eu dou cobertura — disse João. — Vocês continuam.

Sem esperar resposta, levantou meio corpo e, segurando a metralhadora com uma só mão, disparou uma longa rajada. Rodrigo viu os policiais se jogarem sobre o telhado, gritando palavrões. Um forte ruído de telhas quebradas, seguido por um barulho de queda, indicou que o telhado não suportara o movimento brusco e havia cedido, fazendo com que pelo menos um deles despencasse. O policial urrava, mais de raiva que de dor.

Aproveitando o momento, eles correram, agora sem muito cuidado. As telhas quebravam sob seus pés, mas já dava para ver o último telhado e o vazio que indicava a rua próxima. Quando Laura passou para a última casa, mais tiros mostraram que os policiais haviam se recuperado. Novamente eles se deitaram, novamente João atirou. Mas os policiais já estavam prevenidos. Rodrigo viu que eles se abaixavam, porém com cuidado e sem deixar de disparar. Os impactos dos tiros estavam perigosamente próximos.

Laura e Cláudia se arrastavam penosamente, conseguindo aos poucos se aproximar da borda. Rodrigo hesitou, sem saber se ia com elas ou se ajudava João. A voz de Laura veio, nítida.

— O carro tá lá! O Osvaldo está nos esperando!

João levantou o corpo para se voltar. Nesse momento um tiro o atingiu. Ele deu um gemido seco, largou a metralhadora e tombou sobre as telhas. Rodrigo, sem pensar, levantou a pistola e começou a disparar seguidamente contra os policiais, ao mesmo tempo que se arrastava na direção de João. Chegou junto a ele, que respirava com dificuldade.

— Eu te ajudo. Vamos lá, já estamos perto. — Voltou-se para as garotas. — Desçam, a gente já vai.

— A metralhadora — balbuciou João.

Rodrigo pegou a metralhadora. Podia ver ao longe o vulto dos policiais, avançando. Disparou, rajadas curtas, e eles foram forçados a se abrigar. Recuou, puxando João, que se arrastava sobre as telhas. Um rastro de sangue ia ficando por onde passavam. Rodrigo não sentia medo, não conseguia pensar em nada a não ser na borda, agora próxima, do telhado. E ódio. Ódio dirigido contra aquelas figuras indistintas que avançavam pelas telhas, cada vez mais próximas. Tornou a atirar, a se arrastar, a ajudar João, a atirar de novo. Parecia não ter fim aquele momento de pesadelo.

Subitamente, sentiu as pernas sem apoio. Olhou para trás e lá estava a rua, o carro parado com as portas abertas, Laura e Cláudia junto a uma delas, Osvaldo que se aproximava, correndo.

— Ajuda o João, ele está ferido — gritou.

Empurrou João para o beiral. Num último esforço, João se deixou cair, como um fardo. Osvaldo, sem interromper sua corrida, apanhou-o em meio à queda e tombaram os dois no chão. Rodrigo voltou-se para os policiais e atirou, uma rajada longa, cheia de raiva. Viu-os, mais uma vez, mergulharem sobre as telhas e continuou apertando o gatilho até o mecanismo bater em seco e ele perceber que o pente estava vazio. Jogou a arma longe e pulou.

Osvaldo carregava João, Laura ajudava a pô-lo no banco traseiro do carro. Rodrigo correu para lá, vendo Osvaldo fechar a porta traseira e correr para o volante. Entrou na frente, bateu a porta, enquanto Osvaldo acelerava.

— Vamos embora! — gritou Rodrigo.

O carro arrancou cantando os pneus, no momento em que os policiais apareciam na beira do telhado, atirando. As balas atingiram a rua, logo atrás do carro. Rodrigo olhou para trás: os policiais, já no chão, atiravam contra eles, enquanto uma C-14 despontava na rua, também cantando os pneus. Osvaldo manobrou na primeira esquina, mantendo a custo o equilíbrio do carro. Entraram numa rua deserta.

22

O outro carro ainda vinha atrás deles, a aproximadamente uma quadra de distância.

— Acho que dá para despistar — disse Osvaldo.

Acelerando mais ainda, ele entrou numa pequena transversal. Algumas pessoas começavam a sair de casa, o céu estava mais claro. Uma luminosidade baça definia os contornos da rua. Antes que a C-14 aparecesse, Osvaldo derrapou em outra esquina, mergulhando por um beco que parecia não ter saída. Rodrigo se encolheu no banco dianteiro, assistindo ao muro do fundo se aproximar. Na última hora, quando parecia não haver mais jeito, uma passagem, quase uma viela, surgiu na lateral.

Osvaldo manobrou o carro sem diminuir a marcha e deslizou lateralmente, raspando a entrada da ruazinha. Duas pessoas pularam em desespero, desviando-se do carro que passou, sem bater quase por milagre. A viela se abria para outra rua, relativamente larga, onde já havia algum movimento de carros. Diminuindo um pouco a marcha, Osvaldo embrenhou-se no trânsito ralo, ultrapassou alguns carros e examinou o retrovisor.

— Parece que escapamos — disse.

— Pensei que íamos bater, que não tinha saída naquela rua — comentou Rodrigo, ainda sem fôlego.

— Eu conheço isso aqui como a palma da mão — riu Osvaldo. — Depois de chegar a São Paulo e virar metalúrgico, vivi mais de dez anos neste bairro.

— Que sorte. — Rodrigo respirou aliviado e se voltou para o banco traseiro. — Como é que ele está?

Laura, pálida, amparava a cabeça de João.

— Mal, eu acho. Ele está perdendo muito sangue. E desmaiou, depois que entrou no carro.

— Onde é o ferimento? — perguntou Osvaldo, sem desviar a atenção do trânsito.

— Acho que é no peito. A camisa tá manchada aqui, do lado direito.

Laura mantinha o controle, ainda que a custo. O torso de João repousava em seu colo. As pernas, no de Cláudia, a seu lado, que não tirava os olhos da mancha no peito de João. Lá fora, o sol já aparecia por cima das casas.

— De qualquer modo é melhor vocês fecharem os olhos — disse Osvaldo. — Estamos indo para um aparelho fechado.

Rodrigo cerrou as pálpebras, recostou-se no banco. Já estava ficando acostumado. A preocupação com João, no entanto, não o abandonava. Tentava afastar a ideia de proximidade da morte, mas não conseguia. Era estranho pensar que aquele rapaz que conhecera há tão pouco tempo e que tinha uma vitalidade contagiante podia estar, naquele momento, morrendo. Sua experiência com a morte era pequena. A mais próxima, a de seu avô, havia sido arrasadora e Rodrigo tivera de fazer um enorme esforço para ir ao velório e ao enterro. Os ritos da morte o deixavam deprimido, entediado, com uma vontade enorme de cair fora para um lugar bem alegre e divertido.

Agora era diferente. A urgência que parecia existir era a de encontrar uma solução, um jeito para que João não morresse. Como se pensar bem forte pudesse interferir na realidade. Sabia que era uma coisa infantil, uma tentativa de acreditar numa saída mágica para uma situação real.

Na verdade, pensava, já que estou aqui, sete anos antes do meu nascimento, por que não poderia interferir na realidade com o pensamento? Um pouco como num sonho em que fosse possível ter o controle dos acontecimentos. No fundo, entretanto, sabia que não era assim. O fenômeno que o trouxera ali, por mais mágico que pudesse parecer, tinha outra natureza e não seria um ato de vontade que mudaria o curso das coisas.

O carro diminuiu a marcha, Rodrigo ouviu duas buzinadas curtas e a voz de Osvaldo.

— Estamos chegando. Se prepara para ajudar a tirar o João.

O carro sacolejou um pouco. Uma porta de correr, um tanto ruidosa, desceu. Ele percebeu a mudança de luz. Estavam num ambiente fechado.

— Pode abrir os olhos.

Ele assim fez e percebeu que Xavier estava entrando por uma passagem interna da garagem, seguido por uma mulher de mais ou menos 35 anos. Pulou do carro e se precipitou para a porta traseira do veículo.

— Algum problema? — soou a voz de Xavier.

— João está ferido. Grave.

Num instante Xavier se encontrava junto dele. Os dois tiraram João do banco traseiro. Rodrigo segurava por baixo dos braços, Xavier pelas pernas. O sangue, nas costas de João, sujou a malha que vestia. Laura desceu do carro. Parecia tonta, perto de desmaiar.

— Pra onde? — perguntou Rodrigo.

— Eu vou na frente — disse Xavier.

A mulher, que ele não conhecia, mantinha aberta a porta interna. Xavier seguiu, andando de costas. Concentrado em carregar João sem balançá-lo muito, Rodrigo mal notou a casa em que estavam. Em seguida, a mulher abriu um quarto, eles entraram. Havia uma enorme cama, com lençóis de seda. Rodrigo teve uma leve sensação de estranheza, mas Xavier já se encaminhava para lá. Rodrigo depositou sua carga com cuidado. João afundou no colchão, seu sangue manchando a seda dos lençóis. Só então Rodrigo olhou em torno.

Era o quarto de uma casa moderna e rica, com muito concreto aparente, vidro e alumínio. A mulher estava agora ao lado da cama, olhando João. Pelo porte e pelas roupas, Rodrigo percebeu imediatamente que ela devia estar muito bem de vida: tinha aquele ar inconfundível de quem foi rica desde criança. Ela se voltou para Xavier.

— Ele parece muito mal. Precisa de um médico.

— Deixa eu ver, tem o...

— Podemos ir buscar o Cerqueira. Ele mora aqui perto e é um simpatizante bastante definido. — A voz dela revelava autoridade.

— Não sei, um simpatizante...

— Não dá tempo, Xavier. Tem de ser o mais rápido possível e ele é o que está mais perto. Se não for pela Organização, pela revolução, é por mim que ele vem.

Um sorriso levemente superior, uma total segurança. **Rodrigo se deu conta, de súbito, que havia todo tipo de gente naquela tentativa de revolução, não era só estudante de classe média.**

— Eu vou buscá-lo, com o Osvaldo. Você toma conta do ferido, Xavier — ela dava as ordens. — E você, rapazinho, dá um apoio para as meninas, porque elas não estão nada bem.

Ela saiu. Rodrigo ficou olhando, aparvalhado. Xavier riu, baixinho.

— Não se assuste com Luiza, companheiro. Ela é assim mesmo, mas é, talvez, um dos principais apoios da Organização. Vai lá, ver as meninas.

Rodrigo saiu do quarto. A sala, iluminada pela luz da manhã, parecia brilhar com um tom de pérola. Num sofá de desenho moderno, Cláudia amparava Laura, que parecia inconsciente. Rodrigo foi até elas.

23

— Laura!
Ela não abria os olhos. Cláudia encarou Rodrigo, assustada. Ele pensou por um momento, olhou em torno procurando um banheiro.
— Espera aí.
Entrou no banheiro, atrás de uma toalha. Havia várias delas, de diversos tamanhos, todas cheirando a roupa limpa e nova. Ele escolheu uma de rosto, pequena, e a molhou na torneira. Voltou para perto das duas garotas.
— Vamos passar isso no rosto dela. Talvez funcione.
Cláudia passou a toalha molhada e fria na testa de Laura e depois a pressionou contra seus olhos. Laura gemeu.
— Melhor assim — resmungou Cláudia. — Acorda, mulher, basta um pra gente ter que atender.
Laura abriu os olhos. Endireitou o corpo no sofá e fitou Rodrigo.
— Como é que ele está?
— Continua inconsciente. Mas já está vindo ajuda.
Laura enterrou o rosto nas mãos. Continha-se a custo.
— Calma, Laura, o João sai dessa — disse Cláudia.
— Preferia que eu tivesse sido ferida. Não sei o que fazer se...
A porta da frente se abriu e Luiza entrou, acompanhada por alguém que Rodrigo presumiu ser Cerqueira, o médico. Mais baixo que ela, devia ter uns cinquenta anos, era meio gordo, um pouco careca e usava um bigodinho fino. Olhava para Luiza com evidente adoração. Foram direto para o quarto. Rodrigo virou-se para as duas garotas.
— Fiquem aqui. Eu vou até lá dar uma olhada.

Foi até a porta do quarto. Ajudado por Xavier, Cerqueira havia tirado a malha de João e o examinava. Os lençóis estavam sujos de sangue. Luiza, de pé ao lado da cama, olhava preocupada.

— A bala saiu por aqui. Transfixou o tórax dele — dizia Cerqueira. — Não dá pra saber o que ela atingiu, mas ele está perdendo muito sangue e também pode estar com uma hemorragia interna. Aqui a gente não vai ter recursos para resolver o problema.

— Não dá pra você fazer nada? — interpelou Xavier, com certa aspereza.

— Dá para desinfetar o ferimento e estancar o sangue, fazer um curativo externo. Isso pode segurar por algum tempo. Mas ele precisa ser operado, para ver os danos internos e fazer cessar qualquer hemorragia que possa haver.

— Uma operação. Como é que...

— Só num hospital. Precisa de anestesia, soro, sangue, monitoração das funções vitais, a operação pode ser demorada se o dano for extenso... Só num hospital.

Luiza, tensa, foi até a janela. Xavier ficou olhando para João, sem dizer nada, os músculos do maxilar contraídos. Cerqueira voltou-se para Rodrigo e fez um gesto de impotência.

— Acho que tem um jeito — disse Xavier.

Luiza voltou-se, Rodrigo olhou para ele, Cerqueira também.

— Vários médicos, militantes da Organização, trabalham num determinado hospital, em Santo Amaro. — Xavier escolhia as palavras. — A gente já tinha levantado a hipótese de invadir o local para retirar de lá os equipamentos necessários e montar o nosso hospital clandestino. Isso ia ser numa fase mais avançada da luta. Podíamos fazer isso agora, para que os nossos médicos operassem o João.

— Loucura — disse Luiza. — A operação demora e vocês podem ser localizados.

— O hospital é bastante isolado e não tem grande movimento. Na verdade, não chega bem a ser um hospital; é mais uma clínica particular, pequena e bem equipada, que serve a pacientes ricos — insistiu Xavier. — Além disso ela fica lá perto da represa, num lugar onde não mora ninguém. Acho que dá para cortar os contatos sem chamar atenção, por algumas horas, pelo menos. Cadê o Osvaldo?

— Na garagem, trocando a chapa do carro — respondeu Luiza.
— Vou falar com ele. Rodrigo, vem comigo. Vocês outros ficam aqui.

Foram para a garagem. Osvaldo acabava de colocar uma chapa fria no carro.

— Ainda não tinha tido tempo de fazer isso. Os tiras viram nossas placas. Enquanto a gente continuar com esse carro é melhor, pelo menos, trocar os números.

— Tá bom, mas presta atenção — disse Xavier. — <u>Você conhece o Cid, do esquema médico?</u>

— Claro. — Osvaldo sorriu. — Foi ele que engessou a perna da minha filha.

— Tá, mas isso não interessa agora. — A voz de Xavier era dura. — O que interessa é que você conhece a identidade legal dele e onde ele mora. Vai lá e traz ele aqui. Fala em nome do Comando Regional e diz que é uma emergência.

— Ele vem de olho fechado? — quis saber Osvaldo.

— Claro. Não vamos relaxar a segurança.

— Tá bom, já vou indo. — Osvaldo não perguntou mais nada e entrou no carro.

Xavier acionou a porta da garagem, que correu com algum ruído. O carro saiu. Rodrigo viu o trecho de rua em frente, uma rua calma, sem movimento e mostrando, do outro lado, o muro de pedra de alguma mansão. Xavier fechou a porta e chamou Rodrigo para dentro.

— Enquanto ele traz o Cid, vamos conversar um pouco. Acho que vamos precisar de você.

Olhou para Rodrigo com um sorriso.

— Você não esperava tanta agitação quando foi indicado para a ação de ontem, esperava?

— De jeito nenhum. Pensei que já ia estar em casa.

Não dava para Xavier captar o sentido que Rodrigo dera à frase. Entraram na sala. Laura já estava recuperada. Dirigiu-se a Xavier.

— O que é que nós vamos fazer?

24

A ambulância corria pela avenida Santo Amaro. Rodrigo, novamente com um jaleco branco sobre a roupa, segurava a coronha da sua arma, sentado ao lado do motorista. No compartimento traseiro, Laura e Cláudia ladeavam a maca onde ia João, ainda desacordado.

— Um pouco de trânsito, vou ligar a sirene — comentou o motorista.

— Não vai chamar demais a atenção? — inquietou-se Rodrigo.

— Quanto mais barulho uma ambulância faz, menos ela chama atenção. — O motorista, um negro jovem, muito forte e de cabeça raspada, ria.

Quase em seguida, o lamento agudo da sirene ocupou a avenida. Os carros abriram passagem e a ambulância acelerou. Rodrigo largou a coronha da arma, apoiou o braço na janela do carro, voltou-se para o motorista.

— Como é teu nome? O meu é Rodrigo, você já sabe.

— O nome de guerra é Severino. O apelido do nome de guerra é Bio. — Ele ria com vontade. — Mas todo mundo me chama de Tião.

— Assim fica difícil. — Rodrigo riu também. — Pelo jeito você é mesmo motorista de ambulância, não é?

— Sou, sim. Mas esta não é a minha ambulância. Os companheiros pegaram esta lá na zona leste já faz um tempo. Tava guardada pra uma emergência.

— Acho melhor não correr muito — disse Rodrigo. — A gente acaba chegando cedo demais.

— Como assim? — Tião estava intrigado.

— É que o resto do pessoal, comandado pelo Xavier, foi na frente pra tomar a clínica, cortar as linhas telefônicas, deixar a área isolada. A gente tem que chegar lá às oito e quarenta, quando tudo já estiver sob controle.

— Tá bom, já entendi. — Tião diminuiu a marcha, acompanhando a velocidade média dos outros carros.

Rodrigo relaxou, olhou para trás, para a maca onde estava João. Continuava tudo na mesma: João desacordado, Laura curvada sobre ele, Cláudia sentada do outro lado com as costas muito retas. Rodrigo sorriu para ela e voltou-se novamente para a frente.

Algum tempo depois, Tião saiu da avenida e enveredou por uma série de ruas estreitas, algumas até com calçamento em paralelepípedo. Rodrigo não tinha a menor ideia de onde se encontrava. Pensou que estava vendo mais de São Paulo naquele único dia do que em anos de sua vida normal. A ambulância entrou numa rua asfaltada, cujo trajeto, sinuoso e com poucas transversais, já dava mais a impressão de uma estradinha. O casario começou a rarear e a dar espaço para áreas verdes. Parecia que andavam entre chácaras, pequenos sítios.

— Já estamos perto — comentou Tião. — Espero que tenha dado tempo pros companheiros fazerem o serviço.

A ambulância enveredou por uma estrada lateral, sem calçamento e guardada por árvores dos dois lados. Rodrigo se ajeitou no banco, ficando mais alerta e novamente segurando a coronha de sua arma. A estrada de terra subia, a ambulância chacoalhava um pouco, seu coração batia mais forte. Olhou para trás e viu João sendo balançado na maca, de um lado para outro. Laura segurava-lhe o corpo, mas a cabeça se movia com os solavancos do caminho.

As árvores rarearam de repente. Havia uma área aberta, gramada e, ao fundo, um muro com um grande portão de madeira, aberto. Ao lado do portão, uma guarita. Rodrigo e Tião ficaram tensos. O homem da guarita saiu e ficou ao lado do portão. Tião riu.

— É dos nossos. A clínica deve estar no papo.

Acelerou. Quando a ambulância chegou perto, o homem reconheceu Tião e fez um cumprimento discreto. O carro entrou no grande pátio, que tinha extensas áreas gramadas, aleias calçadas de pedra ladeadas por palmeiras, um chafariz de pedra no centro. No fim da aleia, uma casa baixa, mas bastante grande, tinha sua frente totalmente ocupada por uma varanda. Homens armados estavam na varanda e quatro ou cinco carros permaneciam estacionados em frente, dispostos em leque sobre o gramado. Rodrigo viu Xavier, acompanhado por dois médicos e dois enfermeiros, acenando para eles de uma porta larga que se abria na parede lateral do prédio.

A ambulância manobrou e encostou de ré nesse local. Rodrigo e Tião desceram, enquanto os enfermeiros abriam a porta traseira.

Com a ajuda de Laura, a maca foi retirada e levada para o interior da clínica. Xavier fez um sinal para Rodrigo.

— Já tem muita gente lá dentro. Vamos ficar ali na varanda.

Xavier sentou-se num banco de madeira. Rodrigo acomodou-se perto.

— Como é que foi a tomada da clínica, algum problema? — perguntou.

— Nenhum — respondeu Xavier. — Mais da metade do pessoal é nosso ou, pelo menos, é simpatizante. Além disso, nós já tínhamos essa ação planejada há muito tempo, detalhe por detalhe. Como eu previa, o isolamento da clínica e o fato de não ser muito grande permitiram que a ação fosse possível. E bem rápida, até.

— Mas e os pacientes? — inquietou-se Rodrigo.

— Estão todos trancados em seus quartos, informados de que não devem sair. Assim basta um homem em cada corredor. Os te-

lefones estão cortados. Os médicos e os funcionários que não são nossos estão presos no almoxarifado.

— Mas as pessoas de fora, parentes dos pacientes ou dos funcionários, vão acabar estranhando. — Rodrigo não se convencia.

— Claro — respondeu Xavier. — Daqui a umas duas horas, vai ter gente desconfiada. Aí, pra tomar uma decisão e chegar até aqui... Eu calculo que temos umas três horas de tranquilidade. Por isso, temos que sair antes do meio-dia. Espero que João já tenha sido operado até lá.

O foco da atenção de Rodrigo se voltou para João. A agitação, desde a fuga até chegarem ao hospital, havia sido tanta que ele não tivera tempo para se deter na situação do outro. Voltou-se para Xavier.

— Será que ele escapa?

— Não sei — respondeu Xavier. — Já vai fazer quatro horas que ele levou o tiro, a hemorragia foi grande.

25

Rodrigo encostou a cabeça na parede da casa. Deixou os olhos correrem pela paisagem. Parecia que estava muito longe, aquele lugar não dava ideia de ser dentro do município de São Paulo. Uma imensa paz sobre os gramados, o chafariz, as árvores mais adiante. Os sons que ouvia eram apenas passarinhos, o vento, vozes difusas e indistintas. De novo, pensou que João podia estar morrendo.

Mais do que a tortura que Kioko havia sofrido, a situação de João mostrava para Rodrigo que aquilo tudo — a luta, a militância, os sonhos — não era nenhuma brincadeira. Quando a vida entra em jogo, pensou, quando alguém é capaz de trocar tudo isso aqui que está na minha frente pela possibilidade da morte, então não se trata de nenhuma brincadeira.

Rodrigo teve uma vaga percepção da responsabilidade envolvida nas decisões de cada um. Num certo sentido, continuou refletindo, cada vez que alguém toma uma decisão, está sempre jogando com a própria vida. O que ele via ali era apenas um caso extremo, em que o jogar com a vida era absolutamente literal. Nunca tinha pensado assim, nessas coisas. Sorriu para si mesmo. Criança não pensa nessas coisas.

Cláudia saiu de dentro da casa, olhou para os lados, até localizar Rodrigo e Xavier. Veio até eles. No rosto cansado, um sorriso se formava.

— Parece que o João se recupera. Os médicos disseram.

— Quanto tempo vai durar a cirurgia? — perguntou Xavier.

— Umas duas horas — respondeu Cláudia. — Foi o que eu ouvi eles comentarem.

— Bom. — Xavier franziu a testa, pensando. — Acho que vai dar pra sair sem problemas. Aí nós levamos o João para um aparelho fora de São Paulo, até que ele se recupere.

Cláudia sentou junto deles. Ficou um instante quieta, depois perguntou.

— Nós vamos sair daqui junto com vocês, não é?

— É. Não dá para sair antes, seria um furo na segurança e muito arriscado para os que ficassem. — Xavier era incisivo. — Por quê?

— Bem... — Cláudia hesitou. — Hoje tem a manifestação no centro e... também eu tenho que ir até a minha casa, sabe, ainda moro com meus pais... Não sei quanto ao Rodrigo, mas eu...

Rodrigo se atrapalhou.

— É... eu também moro com meus pais, mas... — achou melhor improvisar — mas eles estão viajando e eu não preciso ir até lá.

Respirou fundo. A mentira funcionou, nenhum dos dois deu mostras de notar qualquer coisa.

— Às vezes esqueço que nem todo mundo é clandestino. Já faz tanto tempo que... — Xavier se interrompeu.

— Que o quê? — perguntou Rodrigo.

— Nada — disse o outro. — Esquece. Eu vou dar uma volta por aí, para ver se o pessoal não está relaxando a vigilância.

Levantou-se e foi na direção de um rapaz que estava sentado, com uma metralhadora no colo, na escada de acesso à varanda. Rodrigo e Cláudia ficaram por um momento em silêncio.

— Quando a gente sair daqui... — começou Cláudia — ... você vai à manifestação comigo, não é, Rodrigo?

— Claro que vou — ele respondeu.

Na verdade não tinha para onde ir. Uma vaga sensação lhe dizia que se continuasse em ação, passando de uma coisa para outra, tudo estaria bem. Mas, se parasse, se ficasse sozinho, encalhado a vinte anos de seu tempo, não teria para onde ir nem saberia o que fazer. Estremeceu.

— Que foi? — perguntou Cláudia. — Tá com frio?

— Não, acho que é fome. Ou cansaço. Ou os dois.

— Tá bom. — Cláudia planejava. — Vamos dar um jeito de ficar perto do centro da cidade. Aí a gente come alguma coisa por ali. Depois eu vou até em casa, minha mãe acha que eu dormi na casa de uma amiga, e volto pra te encontrar e ir pra manifestação.

— O programa tá ótimo — riu Rodrigo. — Só que eu estou duro, sem um tostão.

— Vou pedir uma grana pro Xavier — decidiu Cláudia.

Ela se levantou e se aproximou de Xavier. Rodrigo ficou olhando seu perfil recortado contra o céu, na luz da manhã.

Algum tempo depois, uma movimentação, um ruído de motor, as vozes, chamaram a atenção de Rodrigo. Percebeu que tinha cochilado. Levantou, alerta.

A ambulância manobrava, havia movimento na porta lateral da clínica. Ele correu para lá. A maca estava sendo trazida pelos enfermeiros, Laura ao lado, segurando a garrafa de soro. Chegou perto ao mesmo tempo que Cláudia. Ela segurou em seu braço. A maca parou na porta da ambulância. Laura, o rosto cansado, olhou para eles.

— O João vai conseguir sair dessa. Talvez a recuperação demore alguns meses, mas ele vai ficar bem.

— Que bom — disse Cláudia. — Você vai...

— Vou ficar com ele — atalhou Laura. — Nós vamos ser levados para um aparelho fora da cidade, bem longe e bem seguro e eu só volto quando o João estiver de pé.

Rodrigo percebeu que não ia vê-los por um bom tempo. Talvez nunca mais fosse vê-los. Aproximou-se de Laura, emocionado.

— Eu... nós... — gaguejou.

— A gente vai ficar um tempão sem poder se ver — cortou Cláudia. — E eu... quer dizer, o Rodrigo também... nós queríamos que você dissesse pro João, quando ele acordar, que a gente gosta muito dele e que ele é...

— ... um puta cara legal — disse impulsivamente Rodrigo.

As duas olharam espantadas para ele. Rodrigo sorriu, um pouco envergonhado. Sem largar o soro, Laura o abraçou e deu-lhe um beijo no rosto. Depois abraçou também Cláudia e a beijou duas vezes. Em seguida, entrou junto com a maca na ambulância. Os enfermeiros fecharam as portas.

Cláudia e Rodrigo ficaram olhando a ambulância se afastar. Xavier acenou para eles, de longe.

— Entrem naquele carro azul — gritou. — Os companheiros vão largar vocês no centro da cidade.

— E você? — perguntou Rodrigo.

— Eu vou noutro carro, logo depois. — Xavier pareceu lembrar-se de algo. — Daqui a uns dias eu faço contato através do assistente do Comitê Estudantil.

Ele se interrompeu, aproximou-se dos dois. Quando falou estava menos áspero que de hábito.

— Vocês são bons militantes. Foi bom participar dessas tarefas junto com vocês.

Um sorriso seco contraiu seus lábios. Deu as costas para os dois e se afastou.

Rodrigo olhou para Cláudia. Ela fez uma expressão gaiata de quem está admirada com o transbordamento emocional do outro. Sorriram, cúmplices, e se dirigiram para o carro que lhes tinha sido designado.

26

Rodrigo, com a agradável sensação de estômago cheio, tomava lentamente, pelo canudinho, um suco de laranja, enquanto esperava Cláudia voltar. Estava numa lanchonete, na Amaral

Gurgel, quase esquina da Jaguaribe, e divertia-se com o estranhamento que o lugar lhe causava. Quase sempre passava por aquela esquina com seu pai, para ir visitar a avó. Agora, olhando a rua, via que o Minhocão ainda não existia. A rua parecia mais ampla, com uma perspectiva mais aberta no encontro, lá adiante, com a Consolação. Lembrava também que, naquela esquina, não havia mais lanchonete nenhuma — era uma drogaria que tinha ali.

Para aumentar o estranhamento, havia parado numa banca e comprado uma revista em quadrinhos. Disney, Pato Donald. Tinha a sensação de estar lendo uma relíquia — talvez já tivesse visto aquelas mesmas tiras numa edição histórica da revista. Só que agora ela era nova e a história, inédita. Na verdade nem mesmo o *cheese burger* que comera lhe era inteiramente familiar. Alguma coisa no gosto, no teor de gordura indicava que aquele hambúrguer era anterior ao advento do McDonald's no Brasil.

Embora cansado e com sono, a excitação de estar sozinho pela primeira vez naquela cidade do passado deixava Rodrigo ligado. Além do mais, o sol brilhava e coloria as pessoas, os carros, as próprias ruas. A cidade respirava, vivia, não era mais um pano de fundo visto através das janelas dos carros e aparelhos. Rodrigo se sentia vivo, animado, feliz. A preocupação com uma possível volta tinha ficado em segundo plano. Sabia que depois tornaria a ficar tenso e angustiado por estar tão estranhamente longe de casa. Mas isso viria depois. Agora ele se sentia muito bem esperando Cláudia chegar.

De vez em quando uma certa inquietação o incomodava: será que Kioko estava em segurança? E João? Que teria acontecido com ele? Mas as cores do dia acabavam por dissolver sua preocupação.

Algumas pessoas já passavam em direção ao centro, com aquele ar inequívoco de quem aparenta naturalidade enquanto se prepara para uma manifestação. Pequenos grupos indisfarçáveis de estudantes, com seus cabelos soltos ao sol, suas roupas informais, folgadas e coloridas, com seu riso fácil e olhar confiante. Mais do que em sua época, eles se distinguiam ali, porque a maioria dos homens que passavam, em meio a seu dia de trabalho, usava paletó e gravata em tons cinzentos e escuros, a maioria das mulheres era comportada e igualmente cinza.

Os estudantes eram, então, raios de cor no meio da paisagem. Principalmente as garotas — muitas usavam calças compridas, mas algumas estavam de minissaias, as pernas à mostra, os cabelos armados nas caprichosas formas daqueles anos. Ou lisos, escorridos, como muitas delas pareciam preferir. De vez em quando, um carro de polícia passava, lento, com os tiras olhando, criando clima. Era evidente que a polícia sabia que, em algum lugar do centro, ia haver algum tipo de manifestação. Em determinado momento, um ruído de patas de cavalo chamou a atenção de Rodrigo e ele conseguiu ver, de relance, uma tropa montada que descia, ao longe, em direção ao Largo do Arouche.

–Rodrigo!!

A voz de Cláudia soou, cristalina, em meio à luz do começo da tarde. Rodrigo olhou, e ela vinha atravessando a rua, com seu passo elástico. Estava de minissaia, sapatos baixos, cabelo solto, uma blusa que lhe deixava os ombros nus. Ele largou o copo de suco e a revista em cima do balcão da lanchonete e saiu para a rua. Ficou esperando por ela, extasiado, quase bobo.

— Oi, Cláudia.

— Oi, faz tanto tempo que não nos vemos — brincou ela.

Deram-se as mãos e Rodrigo a beijou na face. Ela riu.

— Vamos? — Cláudia perguntou.

— Vamos — respondeu Rodrigo.

Desceram de mãos dadas para atravessar o Largo do Arouche e pegar a direção da Praça da República. Parecia que estavam apenas passeando, a consciência da manifestação e de tudo o que havia acontecido com eles na noite anterior relegada para um segundo plano.

— Vamos tomar um sorvete? — propôs Cláudia.

— Vamos — concordou Rodrigo. — Onde?

— Tem uma sorveteria aqui... — Cláudia olhou em torno, procurando se localizar. — Ali, ó, naquela rua. Garanto que você não conhece...

— Com toda certeza eu não conheço — riu Rodrigo.
— Pois é, ela é bem pequena. — Cláudia puxou-o pela mão. — Foi meu pai que descobriu, andando aqui pelo centro. O sorvete de frutas deles é ótimo.

Correram alegremente, entrando por algumas ruas estreitas que Rodrigo não conseguia identificar. E lá estava a sorveteria: apenas uma portinha, com faixas e cartazes escritos à mão. Esse tipo de coisa não existe mais, pensou Rodrigo, quer dizer, não vai mais existir daqui a vinte anos, principalmente aqui no centro. Cláudia largou sua mão, entrou na sorveteria e pediu dois sorvetes de manga. Rodrigo achou divertido que ela nem sequer o tivesse consultado. Fez um gesto de revirar os bolsos.

— Estou duro, a grana do Xavier já acabou...
— Deixa que eu pago — disse Cláudia, passando-lhe o sorvete.
— Outro dia você paga. Amanhã, por exemplo...

Rodrigo olhou para Cláudia e ela conservava uma expressão marota, de quem começou uma travessura. Riu, cúmplice.

— Tá bem, combinado.

Pensou, de súbito, que se começasse a combinar muitas coisas por ali acabaria ficando preso no tempo. Mas com Cláudia talvez valesse a pena. Parou, de repente. Nunca tinha pensado desse jeito. Claro, já tinha ficado com uma ou outra garota nas festas, no shopping. Mas ficar era uma coisa, enquanto o que estava pensando sobre Cláudia era bem diferente. Assustou-se com esse sentimento.

— Que foi? — ela perguntou. — Você ficou sério de repente.
— Nada, não. Bobagem minha.

Ele passou o braço pelos ombros de Cláudia e os dois, abraçados e tomando sorvete de manga, atravessaram a Praça da República.

27

Saindo da Barão de Itapetininga, desembocaram em frente ao Mappin. Rodrigo já havia achado estranha aquela rua, que ele conhecia apenas como calçadão, e diferentes as pessoas que circulavam pelo centro. Nenhum boy de tênis colorido e figurino de *rapper*, nenhum latino-americano cantando Violeta Parra, nenhum negro modelito axé-music. Só aquela multidão cinza e empaletozada. E polícia. Polícia por todo lado.

Já haviam cruzado com vários estudantes, indisfarçavelmente estrangeiros naquele centro. Agora, ali, em frente ao Mappin, a concentração aumentava. Grupinhos fingiam olhar vitrines, conversar, ouvir os pregadores evangélicos que, mesmo então, já faziam sua pregação. Os dois caminharam como namorados para a frente do Teatro Municipal.

Aqui, pensou Rodrigo, pelo menos o jeitão geral não mudou muito. Na manifestação pelo *impeachment* ele também havia circulado preguiçosamente por aquelas mesmas calçadas, o Mappin de um lado, o Teatro do outro, o Viaduto do Chá ali adiante. Muitos detalhes eram diferentes. Mas, naquele momento, eram apenas detalhes. Rodrigo sentiu como se um círculo estivesse se fechando e ele estivesse, de novo, voltando para uma trajetória que já havia seguido. Talvez a porta que dava acesso a seu tempo ainda estivesse aberta. O pensamento veio e foi, rapidamente, embora.

— Olha lá. — Cláudia mostrava a tropa de choque num caminhão estacionado ao lado do Teatro, o Brucutu que apenas apontava seu focinho na esquina da Xavier de Toledo.

Um rapaz chamou Cláudia por um outro nome, que Rodrigo não conseguiu entender. Ela olhou para ele, um pouco assustada.

— Espera aqui, eu vou falar com o André.

Rodrigo ficou parado e viu Cláudia se dirigir ao outro e travar um rápido diálogo, às vezes apontando para ele, Rodrigo, às vezes para as ruas. Surpreendeu-se sentindo algo que só podia ser classificado como ciúme. Cláudia voltou, um pouco mais tensa.

— O André é da minha escola e é, também, da diretoria da UBES. Mas não é dos nossos.

— Que foi que ele disse? — quis saber Rodrigo.

— Perguntou de você... — Cláudia parecia se divertir — e me disse que o que ficou acertado foi que a gente começa a manifestação pacificamente e, quando a polícia avançar, a gente sai em passeata em direção à Praça da Sé, atravessando o viaduto.

— E o que você falou de mim?

— Ah... eu disse que você era de outra escola, era de confiança e era meu... amigo.

O sorriso maroto havia voltado. Rodrigo sorriu também. De mãos dadas, eles se aproximaram da escadaria do Teatro Municipal. Rodrigo olhou em torno. A cada momento que passava, o clima ficava mais tenso, mais elétrico. Discretamente, Cláudia indicou-lhe a esquina da Xavier de Toledo. Dali, andando rapidamente, acompanhado por mais três rapazes, vinha Carlos — que ele havia conhecido na reunião da UBES, no Tuca. Isso fora menos de vinte e quatro horas antes, mas parecia que tinha sido há muito tempo.

De repente, com a ajuda dos outros três, Carlos saltou para o teto de uma Kombi estacionada em frente ao Mappin. Antes mesmo que falasse, os grupinhos que circulavam se desfizeram, casais que olhavam vitrines correram em direção à Kombi. Rodrigo e Cláudia também se aproximaram. Em poucos segundos, uma pequena multidão de estudantes se comprimia diante de Carlos. E muito mais gente vinha chegando. Rodrigo se surpreendeu ao perceber que o número de manifestantes era muito maior que o que tinha calculado. Era como se as pessoas brotassem de dentro das lojas, surgissem das esquinas, se materializassem no meio da rua. Carlos olhou em torno e soltou a voz.

— Companheiros! Mais uma vez a ditadura tenta nos impedir e mais uma vez estamos nas ruas!!

Punhos se levantaram e um movimento espasmódico agitou a pequena multidão. Como num coro ensaiado, sua voz se fez ouvir.

— Abaixo a ditadura! Abaixo a ditadura!

Na cadência dos gritos, faixas foram abertas, cartazes levantados. Rodrigo notou, admirado, que todo aquele arsenal de propaganda já estava ali, disfarçado nas roupas das pessoas, escondido nas sacolas e bolsas. A multidão continuava a crescer, agora colorida pelas faixas. O rumor dos gritos mal deixava Carlos falar.

— Exigimos o fim da tortura aos presos políticos! Queremos o direito de estudar com liberdade!

O rumor da plateia crescia. Na verdade, ninguém estava muito interessado no discurso de Carlos. O que se percebia era a vontade de gritar, de pôr para fora a frustração, o medo, o ódio. Rodrigo se surpreendeu gritando também, como se conhecesse a vida sob a ditadura, como se aquela luta também fosse a dele. Notou que se deixava envolver por um sentimento de total solidariedade para com aqueles desconhecidos, por um calor coletivo que não tinha muito a ver com causas e objetivos políticos — mas que era a sensação reconfortante de pertencer a uma tribo. E reconheceu o sentimento: a vinte anos de distância, sem violência policial e sem ditadura, lutando para derrubar um presidente corrupto, brigando pela ética — e não pela liberdade, porque esta já existia — a sensação de pertencer a um coletivo era a mesma.

Olhou em torno. Como se as imagens se superpusessem, via naqueles rostos dos adolescentes de agora as cores das caras pintadas de 1992. Por um momento, conseguiu se sentir completamente integrado àquela multidão e, ao mesmo tempo, parte daquela outra que agora estava no futuro. Havia um elo, uma continuidade, algum tipo de permanência. A porta permanecia aberta. Cláudia pegou no seu braço.

— Olha, a polícia...

Ao lado do Teatro, os policiais saltavam do caminhão. Rodrigo olhou para onde estava o Brucutu e viu que ele manobrava para subir na calçada. As palavras de ordem gritadas pela multidão continuavam encobrindo o discurso de Carlos.

Repentinamente, os policiais avançaram, vindos da lateral do Teatro, e o Brucutu começou a lançar água pelo seu canhão. Carlos pulou de cima da Kombi e correu para o viaduto. A multidão abriu passagem.

— Vamos, companheiros! — gritou Carlos. — Para a Praça da Sé!!

A multidão, quase correndo, se movimentou, ainda gritando as palavras de ordem. Os policiais ocupavam sistematicamente o espaço entre o Teatro e o Mappin. Um ou outro estudante se postou desafiadoramente diante deles. Rodrigo viu os cassetetes descendo nas costas de dois ou três, que logo escaparam. O jato de água do Brucutu atingiu pequenos grupos. Cláudia puxou Rodrigo pela mão: ele percebeu que estava se comportando um pouco como espectador. Correu junto com ela. Mas não pôde deixar de notar que os policiais não os perseguiam — estavam apenas ocupando a área.

A manifestação se transformou numa passeata que corria. Agora estavam sobre o Viaduto do Chá e Rodrigo olhou para o vale. Diminuiu a marcha, quase parou. As avenidas que cortavam o vale lá embaixo, o Buraco do Ademar pouco adiante, o trânsito pesado sob o viaduto, tudo formava uma paisagem completamente diferente da praça onde havia estado ainda ontem, na manifestação pelo *impeachment*. Tão diferente que lhe causou certa vertigem.

— Que foi, Rodrigo? — gritou Cláudia, puxando-o pela mão.

— Nada, não, só fiquei um pouco tonto.

Ele retomou a marcha, hesitante. Um estranho sentimento de distância, de tristeza, até mesmo de saudade, começava a crescer. Só não sabia se era saudade do futuro e medo de não voltar ou se era saudade desse tempo, desse louco intervalo de tempo onde tanta coisa acontecia.

A passeata, em marcha acelerada, já atingia a Praça do Patriarca. Rodrigo, ainda zonzo, tentou se integrar ao coletivo, gritando as palavras de ordem. "Ditadura assassina" e "abaixo a repressão" eram as que mais se ouviam. Cláudia, agora, sorria para ele, enquanto corriam e gritavam.

Entraram pela rua Direita. Os prédios das lojas, fechando-se sobre a rua estreita, faziam ecoar as vozes dos estudantes, amplificando-as num grande rugido. Rodrigo olhou para cima e viu as pessoas nas janelas dos prédios. Algumas aplaudiam, faziam sinais de aprovação com as mãos, umas poucas jogavam papéis picados. Ele sentiu novamente aquele cálido gosto da aprovação popular que, percebia agora, estava sendo um dos grandes motores da campanha contra o Collor. Rapidamente a rua ficou para trás e a Praça da Sé abriu-se para eles.

— Nossa, quanta gente! — espantou-se Cláudia, ao perceber que muitos outros grupos haviam convergido para a praça.

Rodrigo não reconhecia a Praça da Sé. Com exceção da massa sólida da Catedral, o resto lhe dava a impressão de outra cidade. Mas Cláudia tinha razão: muita gente se agrupava em frente à Catedral, muito mais do que as que haviam fugido da primeira investida policial. Um rapaz um pouco mais velho, que ele não conhecia, galgou correndo a escadaria da igreja e começou a discursar com um megafone.

— Companheiros!! A repressão prendeu, desde o ano passado, em Ibiúna, as diretorias da UNE e de várias UEEs. Mas os estudantes universitários, em conjunto com os secundaristas, continuam a resistir. Mesmo na clandestinidade, a UNE sobrevive! Porque a UNE somos nós!

A última frase desencadeou um rugido na multidão. Todos começaram a gritar em uníssono:

— A UNE somos nós! Nossa luta e nossa voz!!

Rodrigo se surpreendeu gritando também. Cláudia, a seu lado, estava com o pescoço tenso, as veias saltadas com o esforço, o rosto voltado para cima, o punho cerrado no alto, dominada pela cadência hipnótica da palavra de ordem. Seus olhos refletiam uma enorme alegria. Rodrigo se sentiu bem de estar ali e levantou, também, o punho. De repente, no meio do rugido, a voz no megafone se fez ouvir.

— Cuidado, companheiros! Os cavalos!!

Rodrigo olhou na direção em que o rapaz apontara. Do outro extremo da praça, a tropa de cavalarianos da Polícia Militar avançava, a galope, na direção da multidão. As palavras de ordem morreram nas gargantas, muita gente já começou a correr para fora da praça. Rodrigo e Cláudia ficaram por um momento parados, enquanto um grupo, perto deles, se voltava na direção da carga de cavalaria. Gritos esparsos de "assassinos", além de muitos palavrões, ocupavam agora o ar. Rodrigo pensou que João gostaria de estar ali e de entrar nessa briga.

— O pessoal vai resistir — disse Cláudia, apertando a mão de Rodrigo.

Quando os cavalos já se encontravam a meia distância, dois rapazes jogaram garrafas na direção deles, enquanto os outros lançavam, com toda a força, milhares de bolinhas de gude no chão. Rodrigo viu, surpreso, quando as garrafas tocaram o chão e explodiram em fogo.

— Coquetéis Molotov! — entusiasmou-se Cláudia.

Assustados pelo fogo, escorregando nas bolinhas de gude, muitos cavalos caíram, jogando os cavalarianos no chão. Quatro ou cinco conseguiram passar pela barreira e carregaram sobre os estudantes, que, a essa altura, já corriam desesperadamente. Rodrigo, olhando por sobre o ombro, viu Carlos levar um tranco de um cavalo a galope, rolar pelo chão e ser cercado por um grupo de policiais a pé. Carlos tentou se levantar, mas os cassetetes dos policiais caíram impiedosamente sobre ele.

— Vamos embora, Rodrigo — disse Cláudia —, agora não dá pra fazer nada. Corre!

Correram de mãos dadas, os cavalos se aproximando. Atravessaram a rua e Rodrigo viu uma esquina.

— Por ali!

Cláudia entrou na sua frente. Era uma rua estreita, as lojas já haviam baixado suas portas com medo do tumulto e apenas alguns estudantes fugiam, já mais distanciados.

Rodrigo ouviu o galope do cavalo muito perto de suas costas. Num relance, notou um portal, fundo e escuro, a sua direita.

— Entra aqui! — gritou e puxou Cláudia.

Rodrigo se chocou com a porta de metal e amparou Cláudia, abraçando-a. O cavalariano passou em seguida, rente ao portal. Eles viram o flanco suado do cavalo, a perna do policial, a arma em sua anca. O cavalo passou tão perto que sentiram o cheiro de seu suor. Cláudia abraçou também Rodrigo e deixou a cabeça descansar em seu peito. Ouviram o galope do cavalo se afastar e, em seguida, mais dois cavalos entrarem na rua, passando pelo portal sem notá-los. Continuaram abraçados. Cláudia levantou a cabeça e olhou para Rodrigo. Sem nem sequer pensar, ele a beijou na boca, um beijo longo e doce.

28

Muito tempo depois, eles ainda estavam abraçados, protegidos pelo portal. Na rua e na praça, a confusão continuava. Até eles chegavam os ruídos das bombas de efeito moral, alguns tiros, o galopar,

já mais distante, dos cavalos e as sirenes das viaturas, cada vez mais próximas. O cheiro acre do gás lacrimogêneo aumentava a cada momento. Eles se mantinham em silêncio, como que distantes de tudo.

Três rapazes entraram correndo na rua e, logo em seguida, uma C-14 passou, subindo na calçada, cantando pneus. Ultrapassou os rapazes e bloqueou sua fuga. Rodrigo se esticou para ver. Eles ainda tentaram voltar, mas os policiais, saltando do carro, foram mais ágeis. Cercados, os rapazes se encostaram no carro. Um dos policiais abriu a porta do bagageiro.

— Entrem aí, seus filhos da puta! — Os policiais pareciam descontrolados.

— Mas... mas... — um dos rapazes tentava argumentar.

— Entra aí, já falei!!

O policial acompanhou o grito com um golpe de cassetete nas pernas do estudante. Com as mãos na cabeça, os três entraram no bagageiro. Um dos policiais fechou a porta com estrondo e a C-14 manobrou para voltar à praça.

— Vamos embora daqui — sugeriu Cláudia.

— Vamos. Deixa ver se dá pra sair. — Rodrigo pôs a cabeça para fora do portal, olhou a rua. — Não tem ninguém, vamos lá.

Correram na direção contrária à praça. De vez em quando viam um movimento, ou ouviam os ruídos do confronto, e se desviavam. Sempre segurando a mão de Cláudia, Rodrigo se deixou guiar pelo instinto para evitar o perigo. Correndo, atravessaram ruas, viraram esquinas e, de repente, viram-se numa avenida aparentemente calma.

— Avenida Liberdade — disse Cláudia. — Vamos subindo na direção do Paraíso.

— Tá bom. — Rodrigo olhava para trás. — Parece que escapamos da confusão.

— É. Parece. — Cláudia estava reticente.

Continuaram andando, em silêncio. Rodrigo não conseguia falar do beijo e, ao que tudo indicava, Cláudia também não. Bom, Rodrigo pensou, não foi nada demais e ia acontecer de qualquer jeito. E até que foi bom. Sorriu. Se ficasse aqui, neste tempo... Cláudia olhou para ele.

— Do que você está rindo?
— Nada, não...
Subitamente, o ruído de sirenes, que já ficava distante, soou bem perto. Duas viaturas passaram em velocidade e, derrapando, manobraram num pequeno largo, um pouco adiante. Os policiais desceram dos carros e formaram um cordão. Rodrigo e Cláudia pararam.
— Que foi, agora?
— Deve ter outra passeata, subindo para cá. Vamos pegar aquele viaduto ali. — Cláudia tornou a segurar em sua mão, puxando-o para longe.
Ouviram, então, o ruído cadenciado de um grupo de pessoas entoando palavras de ordem. A manifestação tentava entrar na avenida, vinda de uma rua lateral. Os policiais fecharam o acesso. Cláudia e Rodrigo correram. Ninguém lhes deu atenção — todos os policiais estavam voltados para o confronto que se aproximava. Os dois entraram pelo viaduto e continuaram a correr até chegar na Brigadeiro Luís Antônio.

29

Andavam, agora, calmamente, recuperando o fôlego, subindo a avenida em direção à Paulista. Rodrigo notava diferenças, mas percebia que essa parte da cidade não havia se transformado tanto. Conseguia mesmo reconhecer trechos inteiros de edifícios antigos, já com aquele ar de elegância decadente e empobrecida que iria se manter pelas próximas décadas. Olhou para trás, por cima do ombro.
— Parece que a polícia ficou longe — constatou.
Cláudia parou, olhou para ele.
— A polícia e a manifestação. E agora, o que é que a gente faz?
— Eu tô com sede — Rodrigo disse, sorrindo. — Vamos tomar uma Coca-Cola.
— Vamos — animou-se Cláudia. — Olha, tem uma padaria ali.
Enquanto tomavam o refrigerante, Cláudia olhava para ele, com

ternura. Ele começou a se sentir um pouco incomodado. Ela pôs o copo em cima do balcão.

— Nós dois clandestinos, só nos conhecendo pelo nome de guerra... não devia acontecer.

— É. Não devia... — Rodrigo sorria, enigmático. — E tem coisas muito mais complicadas aí nesse meio...

— O que é? — Cláudia estava curiosa.

— Não dá pra falar. Pelo menos, ainda não. — Rodrigo pegou nas mãos dela. — Deixa passar uns dias que eu te conto.

Intrigada, ela sacudiu a cabeça. Soltou as mãos das dele e saiu do bar. Continuaram a subir a avenida em silêncio. Cláudia parecia um pouco magoada. Um bom tempo depois, ela se voltou para ele.

— Uns dias, eu espero. — Ela tornou a sorrir. — Quem sabe a gente resolve este mistério...

— Quem sabe... — Rodrigo não sabia mesmo. — Vamos fazer de conta que não tem nada, que não aconteceu nada.

— Tá bom, eu topo. Mas a gente pode voltar a se encontrar, sei lá, ir a um cinema, tomar um sorvete...

— Claro — ele disse. — Hoje mesmo, por que não?

— Então eu vou até a minha casa e... no fim do dia a gente se encontra?

— Tá, no fim do dia — concordou Rodrigo, enquanto pensava no que ia ficar fazendo até lá.

— Você falou que morava no Paraíso. — Cláudia sorria. — Eu não quero saber onde é, mas você bem que podia ir até lá e trocar de roupa, tomar um banho...

— Eu tô um pouco sujo, né? Dois dias, já...

Rodrigo não sabia para onde ir. Mas tinha de concordar com Cláudia.

— Então daqui eu vou embora — disse ela. — Depois a gente se encontra.

— Onde? — Rodrigo se agarrou na possibilidade de revê-la.

— Deixa eu ver... Na sorveteria Alaska, pode ser?

— Claro — ele concordou aliviado. — Na sorveteria Alaska.

Ela ficou olhando para ele, por um tempo. Então se aproximou e deu-lhe um beijo na boca. Rodrigo segurou-lhe os braços, mas logo Cláudia se afastou. Deu um tchauzinho com a mão, virou-se e se distanciou com passos rápidos.

Rodrigo ficou parado, vendo-a ir embora. Pensou: e agora? A essa altura Kioko já devia estar em segurança, Laura e João em alguma estrada do interior, a caminho de um local tranquilo, Xavier de volta a seu aparelho. Pelo menos até o próximo abalo, a Organização devia ter retomado seu cotidiano, depois daquele dia agitado.

E eu, no meio disso tudo?, Rodrigo se interrogou. Bom, na falta do que fazer, o melhor é ir dar uma olhada no edifício onde eu moro. Isto é, onde vou morar, se é que ele já existe. Retomou a marcha em direção à Paulista.

30

Estava quase chegando à praça Osvaldo Cruz. De certa forma já se acostumava a essa imagem mais provinciana e bem-comportada da avenida Paulista. Na verdade, não estava prestando muita atenção, preocupado com o que fazer a seguir, como sobreviver naquele mundo que não era o seu. Olhou um ônibus que vinha resfolegando, soltando uma fumaça preta. E, de repente, a sensação que já conhecia. Uma leve tontura, o mundo saindo de foco, a impressão de queda. Fechou os olhos. Tão rápido como veio, a tontura passou. E, agora sim, o impacto.

Primeiro foi o cheiro pesado de combustível queimado que lhe entrou pelas narinas e o ruído do trânsito, que cresceu, como se alguém tivesse girado o botão de volume. Abriu os olhos e lá estava a Paulista de sempre, com seu perfil agressivo de prédios suntuosos, os carros amontoados nas pistas, a luz inconfundível. Aliás, as luzes. Olhou para o céu. Era, de novo, final da tarde, a luz do sol indo embora, os postes de iluminação já acesos. Estava voltando, pensou, na mesma hora em que tinha tudo começado. O trânsito péssimo, engarrafado, quase parado.

Andou um pouco e olhou em direção à 13 de Maio. O *shopping* Paulista continuava lá, solidamente plantado com suas luzes, como que para reafirmar a data e o momento. A poucos metros dele passou um grupinho ruidoso de rapazes e garotas com as caras pintadas de verde e amarelo, faixas enroladas nas mãos e risadas espontâneas nos lábios. Eles acenaram para Rodrigo, que respondeu automaticamente. Lembrou-se, então, e olhou para baixo, para o peito de sua própria camiseta. Estava lá: "Fora Collor Já" e as cores eram as de sempre.

Respirou aliviado. Pelo jeito, estava ali na mesma hora e no mesmo dia em que pensava ter voltado no tempo. Só pode ter sido um sonho, uma alucinação, pensou, será que estou pirando ou algo do gênero? Preocupado, meteu as mãos nos bolsos — e encontrou alguma coisa ali. Pegou o que havia e puxou a mão. O que viu foram vários cartuchos de balas calibre 9 mm. Ficou olhando para elas durante um longo tempo. Afinal, não tinha sido um sonho nem uma alucinação. Sonhos não deixam provas materiais.

Enfiou de novo as balas nos bolsos e deu alguns passos. Pelo menos agora sabia que sua casa estaria onde devia estar, que ia encontrar todas as pessoas e coisas que faziam parte de sua vida. Agora, ele ia para casa. Repentinamente, sentiu uma imensa saudade de todas aquelas outras pessoas que conhecera nesse seu dia fora do tempo: Kioko, Laura, João, Xavier. E Cláudia, sobretudo Cláudia. Deu-se conta de que todas aquelas pessoas, do jeito que as conhecera, se achavam há vinte anos no passado. O que teria acontecido com elas? Onde estariam hoje?

Parou na praça Osvaldo Cruz, em frente ao shopping. Ficou olhando os carros avançarem, as pessoas agitadas, as fileiras de luzes nos postes. Ao pensar no que poderia ter ocorrido com Kioko, com João, com Cláudia, teve uma aguda percepção da passagem do tempo, do envelhecimento das pessoas, das trajetórias que todos, inevitavelmente, seguiam. Qualquer um deles poderia ter morrido, nesse intervalo de tempo.

Um ruído de vozes, de palavras de ordem, chamou sua atenção. Subiu num banquinho de cimento que havia na praça, para tentar ver do que se tratava. Um grupo grande de pessoas vinha pela Paulista, em sua direção. Traziam bandeiras e faixas. Parecia uma passeata, mas tinha um certo grau de relaxamento, de dispersão.

Rodrigo pensou que se tratava do pessoal que voltava para casa depois da manifestação. Além da Praça da Sé, outras concentrações tinham ocorrido ali na Paulista, em frente ao MASP e ao prédio da Gazeta. Por isso o trânsito estava tão ruim.

O grupo, claramente formado por estudantes, ocupava toda a calçada. Muitos deles, rapazes e moças, andavam por entre os carros parados no trânsito engarrafado, falando com os motoristas, mexendo com os passageiros dos ônibus. A maior parte dos motoristas e passageiros reagia bem, fazendo gestos de apoio, gritando também as palavras de ordem em resposta. Havia no ar uma certa alegria, alguma coisa de lúdico. Rodrigo se sentiu fortemente atingido por aquele clima, experimentando de novo a sensação de estar na mesma situação em duas épocas diferentes.

— "Collor, PC! A cadeia tá esperando por você!" — berrava cadenciadamente um grupo de meninas, dançando e formando uma linha, umas com os braços passados pelos ombros das outras, as caras pintadas de verde e amarelo.

Pouco tempo atrás, Rodrigo veria tudo aquilo com o olhar desarmado de quem fazia parte daquele tempo e daquele mundo. Agora, sentia-se incapaz disso. Enxergava, como se superpostos, aqueles outros rostos que gritavam "abaixo a ditadura". Enxergava também a face machucada de Kioko, a expressão seca de Xavier, o entusiasmo de João. Não era uma brincadeira, não era uma simples festa. Aquelas meninas de cara pintada estavam ali, naquele momento, mudando a face de seu país. Tanto quanto aqueles outros haviam mudado ou tentado mudar.

A quase passeata já chegava perto dele, as bandeiras assumindo estranhas cores ao serem iluminadas pela luz do crepúsculo, pelas luminárias da avenida e pelos néons do shopping. Aos poucos, as pessoas iam envolvendo o banco onde ele estava em pé. Aquela multidão era como um fluxo, um rio que ligava tudo, desde vinte anos atrás até aquele momento e seguindo para o futuro. Rodrigo sentia, quase fisicamente, o movimento. Talvez nunca viesse a ser necessário pegar em armas, pensou. Mas a tentativa de mudar

o mundo — ou, pelo menos, de conquistar um lugar nele e entre as pessoas — era o que dava sentido à história da vida de cada um. Surpreendeu-se por pensar essas coisas. Não eram mais os pensamentos de um garoto.

As garotas dançavam agora na frente dele. Rodrigo ficou, de repente, com vontade de dizer alguma coisa para elas. Sem pensar muito no que estava fazendo, gritou.

— Companheiros!

O clamor da multidão quase cessou. Os rostos se voltaram para ele, enquanto o ruído de fundo parecia crescer. Rodrigo se viu no centro das atenções e sem saber direito o que queria dizer. As meninas de caras pintadas começaram a fazer coro.

— Fala! Fala!

Ele concentrou a atenção em uma delas que, por trás da pintura, lembrava vagamente Cláudia.

— É o seguinte — improvisou. — Vamos derrubar esse presidente corrupto, mas não vamos parar por aí!

Aplausos e vivas apoiaram a frase de Rodrigo. Ele achou que não estava sendo claro.

— Depois a gente precisa continuar, para transformar, para mudar este país!

— É isso aí! — uma voz de homem gritou no meio da multidão.

— Vamos passar o Brasil a limpo!!

Rodrigo ia concordar e continuar seu discurso. Mas as garotas começaram a berrar palavras de ordem e a pular, os outros também entraram no coro e o grupo se moveu, voltando a agitar as bandeiras. Rodrigo desceu do banquinho. Uma das garotas o chamou, mas ele ficou parado, apenas acenando para ela. O grupo se afastou, atravessando a rua engarrafada. Rodrigo permaneceu de pé, imóvel, olhando a pequena passeata ir embora. Estava de novo sozinho.

Atravessou a avenida e entrou na Rafael de Barros. Começou a descer lentamente a rua, olhando para o chão. Ainda estava um pouco surpreso de ter falado, ou pelo menos tentado falar, para aquelas pessoas. Tinha tentado dizer coisas que compreendia agora, depois de tudo pelo que havia passado. E que, talvez, os cara-

-pintadas de seu tempo não compreendessem totalmente. Percebia que tinha atravessado uma fronteira decisiva. De algum modo, sabia agora que havia um lugar para ele no mundo.

Estava quase em frente à sorveteria Alaska. Levantou a vista automaticamente, sem nenhuma intenção real de olhar lá para dentro. E parou, surpreso. Junto ao balcão da sorveteria, em meio a um ruidoso grupo familiar, avistou uma garota muito parecida com Cláudia. O rosto, o corpo, a cor do cabelo. Claro que havia diferenças: as roupas eram roupas de hoje, o cabelo tinha um corte atual. Mas o rosto era muito parecido.

Rodrigo, assustado com a semelhança, pensou que seria muito estranho se fosse mesmo ela. Mas logo notou que os movimentos eram diferentes, os gestos mais duros que os de Cláudia. Outras duas crianças faziam parte do grupo, e ele supôs que fossem seus irmãos. Os adultos, um casal, deviam ser os pais dela. Estavam acabando de pegar os sorvetes e se dirigiam para a saída. A garota brincava com os irmãos e ria. Rodrigo deu um passo para trás. Quando passaram por ele, a garota o olhou e, como se fosse a coisa mais natural do mundo, sorriu.

— Oi! — ela acenou, alegremente.

Rodrigo levantou a mão e acenou também. O pai da garota abria o automóvel, o grupo entrava. Depois de fechar as portas e com o carro já em movimento, ela tornou a olhar para ele e deu-lhe um tchau através do vidro levantado.

Rodrigo ficou sorrindo, olhando o veículo se afastar. Uma grande alegria, um contentamento tomava conta dele. Voltou a experimentar a mesma sensação de alguns momentos atrás, a sensação de, agora, saber que havia um lugar para ele no mundo. Além disso, teve certeza de que alguém como Cláudia estava por ali. Quem sabe, à sua espera.

Sorriu, respirou fundo, e recomeçou a andar. Mais seguro de si, contente com o mundo. Agora, ia mesmo para casa.

Bate-papo com
Renato Tapajós

A seguir, conheça mais sobre a vida, a obra e as ideias do autor de Carapintada.

ENTREVISTA

Marema Valadão

Arte: caminho para um mundo melhor

Ainda criança Renato Tapajós descobriu a **literatura** na biblioteca de seu pai e nos livros de sua avó materna. Sua infância e adolescência também foram marcadas pelo **cinema**, que se tornou sua grande paixão.

NOME: Renato Carvalho Tapajós
NASCIMENTO: 5/11/1943
ONDE NASCEU: Belém (PA)
ONDE MORA: São Paulo (SP)
QUE LIVRO MARCOU SUA ADOLESCÊNCIA: muitos, de Jorge Amado a John Steinbeck.
MOTIVO PARA ESCREVER UM LIVRO: a necessidade de interferir no mundo para tentar mudar alguma coisa.
MOTIVO PARA LER UM LIVRO: conhecer o mundo, as pessoas e ir além do cotidiano, do imediato, do banal.
PARA QUEM DARIA SINAL ABERTO: para todos os que, através da literatura, do cinema, das artes, da política, buscam alternativas para fazer um mundo melhor.
PARA QUEM FECHARIA O SINAL: para os conformistas, para os que não têm imaginação.

Aos 19 anos, ele saiu de Belém para estudar em São Paulo. Durante o curso de Ciências Sociais fez documentários ligados ao **movimento estudantil** e participou de uma organização clandestina, o que lhe custou cinco anos de prisão. Livre, voltou a trabalhar com cinema e publicou o livro que escreveu enquanto esteve na cadeia: *Em câmara lenta*. Por isso foi **preso** novamente. Quase 15 anos depois desse primeiro livro, Renato achou que estava na hora de voltar a escrever. Foi aí que surgiu *Carapintada*.

Na entrevista a seguir, você vai saber um pouco mais sobre a criação desta obra e também vai conhecer algumas ideias de um **autor inquieto**, que acha que o mundo, do jeito que é, não é justo. E que a coisa mais significativa que podemos fazer é, justamente, tentar mudá-lo. E é isso que ele tem feito — no cinema, na literatura e na vida.

Como você descobriu a literatura?

Tudo começou em casa. Meu pai e minha avó materna tinham bibliotecas grandes. Logo, cresci cercado de livros, desde os clássicos da literatura francesa, portuguesa e brasileira, até a literatura policial e a ficção científica. Quando vim para São Paulo descobri o cinema, ou melhor, a possibilidade de fazer cinema. Mas continuei um leitor compulsivo, leio tudo o que me cai nas mãos.

E o que levou você a se tornar escritor?

Percebi desde cedo que a literatura é uma das mais importantes testemunhas da história; ao mesmo tempo, é um instrumento de transformação do homem e do mundo. Contribui para que as pessoas melhorem como seres humanos, alargando os horizontes do leitor. Eu sempre tive essa preocupação de contribuir para mudar a sociedade, as pessoas, as coisas...

Além de escritor, você também é cineasta. Fale um pouco da sua experiência com o cinema e de seu trabalho com o documentário.

Quando eu era criança, ainda não havia televisão no Pará. O cinema era o único veículo de imagens e a grande diversão da garotada. Em São Paulo, descobri que era possível fazer cinema sem muito dinheiro nem grandes estúdios. Fiz muitos filmes ligados a diversos setores do movimento popular. Para mim, o cinema, como tudo aliás, sempre teve o sentido de tentar interferir na realidade para transformá-la e melhorá-la. Mas, como arte, procuro fazer isso com o encantamento da imagem, o ritmo, a fantasia e a recriação da realidade de que o cinema é capaz.

Sendo um homem de cinema, como essa formação se reflete em sua literatura?

Acho que no meu texto há muitos elementos cinematográficos. Por exemplo, escrevo procurando certa predominância da ação, quero que o leitor conheça os personagens por meio de suas atitudes, sobretudo — e não de seus pensamentos e reflexões ou de considerações do narrador. Também o ritmo e a maneira como divido as cenas no tempo e no espaço têm muito a ver com o cinema.

Vamos agora falar de *Carapintada*. Como surgiu a ideia desse livro?

Quando começou a campanha pelo *impeachment* do presidente e os caras-pintadas foram para a rua, fiquei logo interessado. Achei fascinante a participação dos jovens naquele processo todo. Tenho dois filhos que também estavam muito ligados naquelas manifestações. Daí surgiu a ideia. Inicialmente, minha intenção era a de contar para eles que eu tinha participado de um outro momento da história recente do país que, de certa forma, tinha semelhanças com o que estava ocorrendo. Em seguida, a ideia evoluiu para uma especulação: o que aconteceria se um jovem de hoje, um cara-pintada, fosse parar naquela época e se envolvesse com as questões de então? A partir daí, a ideia começou a se transformar num romance, com personagens definidos e tudo mais.

Em que medida realidade e ficção entraram na composição do enredo e na caracterização dos personagens?
Acredito que os ficcionistas — pelo menos os bons ficcionistas — partem sempre de uma grande atenção à realidade para, em seguida, permitir que a imaginação voe e crie. Comigo não foi diferente. Tanto o panorama do passado recente — cara-pintadas, manifestações pelo *impeachment* — quanto o do passado remoto — movimento estudantil e ações armadas — constituíram fatos da minha vida ou do meu tempo, que eu procuro entender. Os personagens também são baseados em pessoas que conheço ou conheci. A partir daí, surge a minha ficção. Acredito sinceramente que a realidade é mais rica e surpreendente do que a imaginação mais delirante.

Abaixo a ditadura!

Em 1964, um golpe militar tirou do poder o presidente João Goulart e implantou no Brasil uma ditadura. Havia censura à imprensa e perseguição política a todos que se opunham ao novo regime. Em dezembro de 1968, os militares resolveram endurecer ainda mais contra a oposição e aumentaram as torturas e as prisões, assassinando vários ativistas, estudantes e muitos que se atreviam a desafiar o governo. A partir de 1974, a situação foi mudando lentamente. Mas só em 1985 um civil assumiria o governo, o então vice-presidente José Sarney. As primeiras eleições presidenciais com voto popular aconteceram em 1989 — e o eleito foi Fernando Collor de Mello.

E o que você espera de seu leitor?

Gostaria que o *Carapintada* tocasse no coração e na cabeça dos jovens que me vão ler. Não quero apenas emocionar ou fazer pensar; acho que as duas coisas podem acontecer juntas. Como? Se interessando pelo tema do livro, compreendendo que é importante querermos mudar o mundo em que vivemos. Veja, nós derrubamos um presidente corrupto, a partir do grito das pessoas. Além disso, também houve muita gente no passado que lutou e se sacrificou por essas mudanças. Mas isso não é apenas uma força política: a arte, a poesia, a busca da imaginação e da beleza também contribuem para fazer do mundo um lugar melhor para se viver.

Como foi a experiência de escrever um livro destinado principalmente aos jovens?

Foi muito gratificante. Em primeiro lugar, porque desejei estabelecer uma ponte entre a minha geração, que viveu com intensidade os fatos da década de 1960, e os adolescentes dos anos 1990. Esse diálogo de gerações é um sonho necessário. Em segundo lugar, foi um desafio porque tive que incorporar o ponto de vista de um jovem de hoje. Isso não é fácil, sem cair na babaquice. Acho até que isso me deixou mais jovem e mais compreensivo com o seu mundo, no sentido de pensar sem os preconceitos, deformações e desesperanças dos adultos.

Que recado você gostaria de dar aos Rodrigos e às Cláudias do Brasil?

Em primeiro lugar, eu acho que eles deveriam ler. Ler muito e ler de tudo: os clássicos, os modernos, revistas, livros, jornais. O contato com a boa literatura abre a cabeça das pessoas para o mundo, e também para o próximo, aprendendo a ver o outro com os olhos da compreensão e da solidariedade.

E a política, onde entra?

A política está em tudo na sociedade. Quando os jovens se unem e reivindicam algo, eles estão tomando consciência de que o Brasil está aí, batendo na nossa cara: um país com enormes potencialidades, mas que é pobre, injusto e violento. Espero que os meus leitores percebam e acreditem que isso pode mudar, se os Rodrigos e Cláudias quiserem e agirem para isso.

Passado algum tempo dos movimentos que ajudaram a

derrubar o presidente Collor, como você vê o Brasil no início do século XXI?

O Brasil está diferente daquela época. Para melhor e para pior. Para melhor, porque o país tem crescido, muita gente tem saído da pobreza absoluta, diversos índices sociais melhoraram, existe democracia e liberdade em um nível que poucas vezes este país teve. Para pior, porque as desigualdades entre ricos e pobres se agudizaram até quase o rompimento, resultando no crescimento de uma criminalidade violenta e fora de controle. O país vive uma crise de crescimento: ao mesmo tempo que há grandes forças que o levam para o desenvolvimento e para uma sociedade mais justa, há uma reação cada vez mais violenta daqueles que não querem que nada mude. Talvez na época do Collor as escolhas fossem mais fáceis: era só ficar contra os que representavam o atraso e que estavam no poder. Hoje as coisas são mais complexas e matizadas. As escolhas são mais difíceis.

E como você vê o papel do jovem nessa nova realidade?

O papel do jovem continua o mesmo, porque ele é sempre o representante do novo. Cabe a ele questionar, não se conformar com o que já existe, propor a mudança. Há aspectos em que o país melhorou? Tudo bem, mas cabe ao jovem não se conformar com o pouco que melhorou e exigir mais. Há aspectos em que o país piorou? Cabe ao jovem combater esses aspectos e propor novas soluções. Como alguém, algum dia, já disse: o único verdadeiro pecado que um jovem pode cometer é o conformismo.

Impeachment

Essa palavra que vem do inglês e significa "impedimento" define, na política, o processo instaurado pelo Congresso Nacional para apurar a responsabilidade do presidente da República por algum delito grave. No caso do ex-presidente Fernando Collor de Mello, o Congresso concluiu que ele era culpado de um grande esquema de corrupção, que envolvia o desvio de milhões de reais. Assim que começaram as denúncias e investigações, a juventude foi às ruas protestar. Depois que o Congresso provou a culpa do presidente, ele sofreu o processo de impeachment. Antes de ser destituído do cargo, em 1992, Collor renunciou. Mesmo assim, teve seus direitos políticos cassados por oito anos.

B. O SONHO ACABOU?

5. Quando a aventura de Rodrigo termina, ele se dá conta de que retornou ao mesmo ponto de partida, no mesmo horário em que tudo começou. No entanto, o adolescente que encontramos no final não é mais o mesmo do início da história. Que transformações importantes ocorreram em seu modo de encarar o mundo e as pessoas?

_____

_____

6. A experiência de Rodrigo, como mostram os trechos que se seguem, o aproxima de um aspecto doloroso de nosso passado: a tortura de presos políticos, a violência da repressão contra os que se opunham ao regime.

    "[Rodrigo] já tinha mesmo escutado seus pais — e os amigos deles — falarem da tortura e da violência policial nos anos da ditadura.
    Mas era completamente diferente estar ali, sentado em frente de uma pessoa que tinha acabado de passar pela experiência real, [...] em relação à qual começara a desenvolver um sentimento de proximidade, e mesmo de admiração."

    Analisando a situação do Brasil hoje, o que se poderia afirmar em relação à violência e à tortura? As coisas mudaram? Os direitos humanos passaram a ser respeitados no nosso país?

_____

_____

7. Nos momentos finais da história, já de volta a seu próprio tempo, Rodrigo se vê cercado pelos caras-pintadas e não resiste em lhes dirigir a palavra. Ele fala: "Vamos derrubar esse presidente corrupto, mas não vamos parar por aí. [...] Depois a gente precisa continuar, para transformar, para mudar este país!". Na sua opinião, a que problemas atuais do Brasil Rodrigo estava se referindo? Afinal, o que é preciso mudar no nosso país?

_____

_____

_____

ATIVIDADE ESPECIAL

Promessa é dívida

Você já parou para **pensar** nas necessidades de sua comunidade que **não** são atendidas, governo após governo?

Discuta com seus colegas e faça uma lista desses problemas. Avalie o **desempenho dos políticos**: eles estão fazendo o que foi prometido quando eram candidatos? Essa análise coletiva também pode ser anotada.

Na sequência, com a ajuda do professor, a classe deve redigir uma **carta-manifesto** direcionada aos políticos de sua cidade. Caso haja necessidade de modelos de carta, *sites* como o do Greenpeace possuem vários manifestos que funcionam como abaixo-assinados e são enviados aos governantes de diversos países. A carta feita pela classe pode ser enviada ao prefeito ou aos vereadores por correio ou *e-mail*.

Agora o escritor é você

Em vários momentos da história os jovens de 1969 se referem ao sonho de mudar a sociedade, de construir um mundo melhor, de conseguir acabar com a ditadura militar. No entanto, Rodrigo sabe que as coisas não seriam exatamente como eles esperavam, nem no Brasil nem em outros países.

Leia os trechos de *Carapintada* a seguir, depois redija em seu caderno um texto com sua opinião. Para você esse sonho acabou ou não?

"Aquela multidão era como um fluxo, um rio que ligava tudo, desde vinte anos atrás até aquele momento e seguindo para o futuro. [...] Talvez nunca viesse a ser necessário pegar em armas, pensou. Mas a tentativa de mudar [...] era o que dava sentido à história de vida de cada um."

"— Valeu a pena, sim. — Kioko escolhia as palavras. — [...] Vai ser preciso muita luta para construir nossos sonhos."

"Eu acho que os motivos mais imediatos da queda do socialismo no Leste Europeu foram o Big Mac, a calça jeans, o tênis Nike e o videocassete. Era isso que os caras lá queriam."